蝴蝶
Seba

蝴蝶
Seba

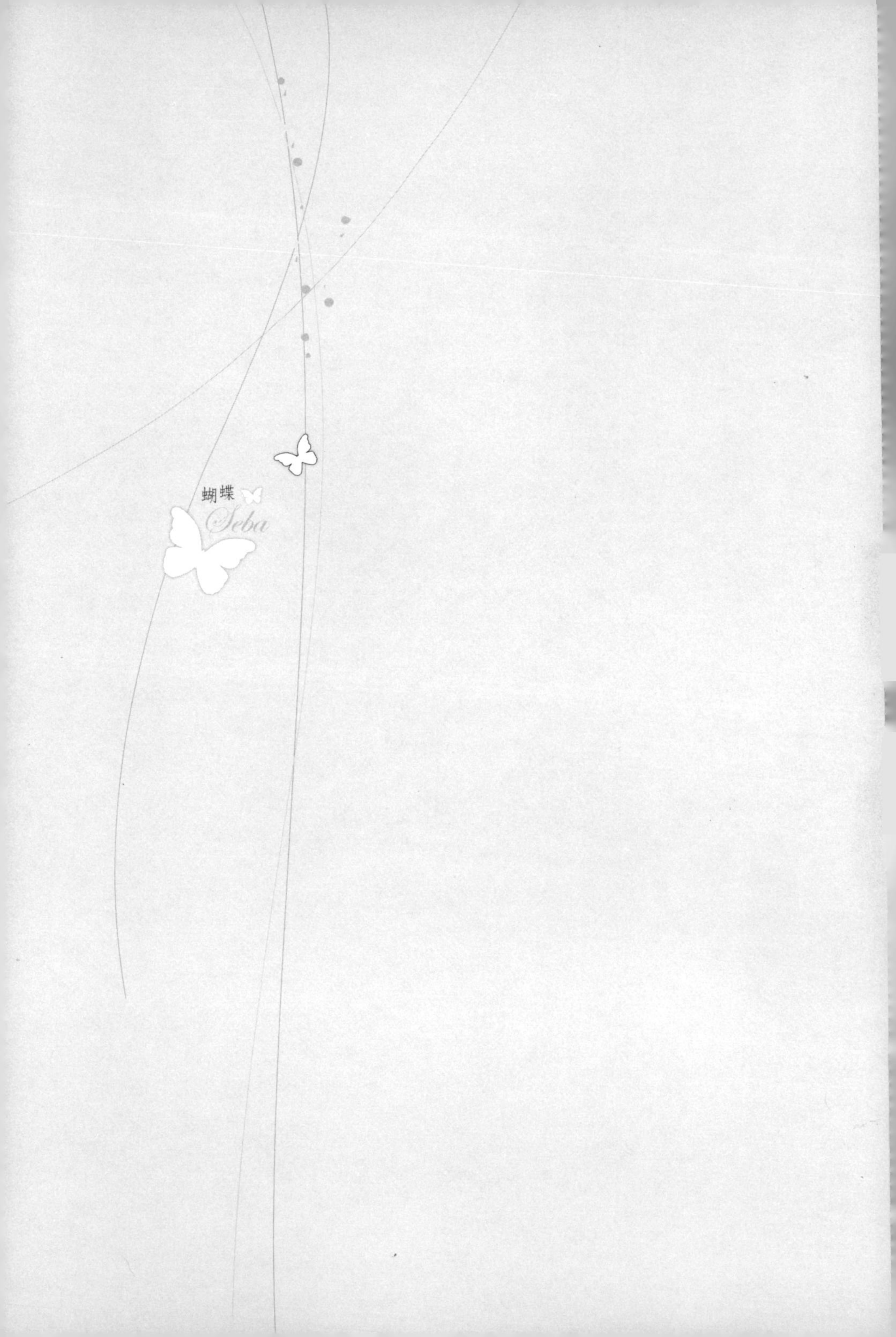
蝴蝶
Seba

蝴蝶
Seba

蝴蝶館 47

# 倦尋芳

Seba 蝴蝶 ◎ 著

大燕朝，翼帝長慶九年。

慕容馥拄著一根銀翅雀身香木杖，默默立在卿王爺府的荷池畔，望著淡銀朦朧的月色。遠遠的，歡宴的聲響隱隱，音樂聲、說話聲、譁笑聲，距離得遠了，聽來只是一派模糊的富貴景象。

她覺得疲倦。自幼體弱，到四歲還不會講話，遑論行走。誰也沒想到那個幾乎夭折的小公主，居然熬了過來，成為名動天下的「鐵觀音」親王。

只是光芒也就那麼一瞬間。

自從落馬之後，她也折翼了。慕容馥成了一個瘸子，跟皇太女的名分擦肩而過。帝母匆匆的讓她開府建衙，招了額駙。

於是她一生所有的光輝，都黯淡了。或者說，她的生命已經終止。

現在她只是個虛銜的宗室親王……還是個寡居幾年的女親王。

真正真實的是，孱弱的身體，和止水般的平靜。

不過，帝母四個皇女，三個皇子，能封為親王的，也就她和卿皇兄。兄弟姊妹就以為，帝母看重她和皇兄，說得上話，甚至還有機會更進一步。所以不時邀宴。真是傻氣的想法。她和皇兄，都是帝母覺得不錯卻可惜的棄子。不過帝母寬厚，給了榮華富貴，就是「僅止於此」的意思。

她懂，可惜皇兄不懂，還想折騰。

夜露漸重，寒氣讓她有些吃不消了。

原本她要離席了，但皇兄讓她在這兒等一等，有話說。但兩刻鐘已經過去了。服侍她的雀兒恭敬的走過來，「殿下，不如我們先回去？卿王爺可能有事耽擱了。」

她遲疑了一下，還沒開口，王府侍女匆匆而來，深躬請安，「稟馥親王，卿殿下不勝酒力，令奴婢恭送。馬車已經在府外等候。」

慕容馥點點頭，侍女招手，藍布小轎抬了過來。她坐在轎裡，閉上眼睛想休息一下……卻覺得這路線有些兒不對。

卿王府是她來熟的，這路線實在陌生。

她撩起轎簾，發現是往後門的方向。

後門？

雖然是虛銜，但她終究是親王，與皇兄平起平坐。她進出從來都是大開前門的。

但她沒有出聲，即使雀兒疑惑的頻頻回頭，她也只是默然。

直到出了後門，下了轎，她才恍然為什麼從後門。

她和一群扠著個血人的奴僕相逢了。

奴僕們齊齊深躬，連那個血人都被壓低了頭。

「好大膽子！」雀兒出列喝道，「膽敢衝撞親王?!」

「好了。」慕容馥制止，「巧遇而已。該做什麼做什麼吧。」拄著杖，她漠然的看著。

那群王府奴僕深畏慕容馥過往兇名，將那血人扔出府外，才躬身離去。

被設計了。她默默的想。有人想救這人，才安排她從後門出府。很大的膽子，非常大。

若是其他兄弟姊妹，大概事情就會惹得很大很大。大概那個發了善心的人，不死也脫層皮。但是這善心，卻觸動了她。天家無親……所有的良善都很值得珍視。

「雀兒，」她吩咐，「扶他上車。」

雀兒嚇了一跳，抬眼想勸兩句……卻觸及慕容馥平靜若深潭的冷漠眼神。

親王……不容質疑。

她喚了左右侍衛，將昏迷不醒、血浸透衣的血人，扶進馬車內。血腥味嗆得她乾嘔了幾下。

馥親王卻半垂著眼簾，一絲變容也無。

雀兒輕輕顫了顫。即使不再執掌刑部已久……這個雙手曾經鮮血淋漓的鐵血親王，依舊充滿煞氣。

讓人在她面前，連呼吸都不敢出聲音。

她下了馬車，吩咐管家延醫，「治好他。」就拖著跛行的腳，上了軟轎。

很累了，很累很累。她想休息。

但休息對她來說，總是種奢望。即使睡著了，還是讓無止盡的夢干擾，沒有片刻安寧。

睜開眼睛，她注視著沒有花紋的床帳良久。天亮了。

又是一天。

掙扎著起身穿衣，雀兒端水進來，她揮了揮手，自己洗臉刷牙。

帝母就常說，她實在不像個皇女。可她只是不太喜歡被無謂的人碰觸。

等她用過簡單的早餐，老管家躬身跟她稟報，昨日收的各家禮單。她心不在焉的聽，等她聽到皇太女送來的十個姣童時，她眼皮也沒抬，說，「退回去。」

「但是……」老管家遲疑了。

慕容馥抬眼冷漠的看著他，讓他把「但是」吞了進去，改口道，「老奴立刻去辦。」

＊　＊　＊

鳳帝在位二十三年，駕崩後，當了二十幾年皇太女的翼帝即位。

大燕朝在女帝統治下已經歷經兩代三十一年了。現在，又冊封了皇太女。在政治軍事上，兩代女帝都英明神武，堪稱大治。但在社會禮法上，卻是很大的衝擊。

女帝在位，當然不納妃嬪，卻廣徵變君姣童。上行下效，貴婦人可能還不敢，但公主們競相豢養面首。

當然反對的大官很多，特別是言官。可臣與君鬥……不會有什麼好結果的。再說，若是女帝能一直傳承下去……到時候說不定，貴族家千金不嫁人只招婿，豢養面首說不定成了正常的事情。

最少現在的公主們豢養面首，公然帶出去赴宴，早就成了風潮，人們見怪不怪了。

三十一年，可以改變的事情很多。

而她那愚蠢的額駙因為參與謀反被賜了毒酒後，她的皇姊妹就常常送面首給她。

她不是不合群，也不是反對這種女君的風潮。

而是……她不屑和那些卑躬屈膝的男子有任何接觸。早已經受夠了那些以色事人的反覆小人。

她，慕容馥，的確是個很狷介的人。

雖然她一直想生個孩子，自己的孩子。但她看得上的男人不願意屈服，願意奴顏獻媚的，她又避之唯恐不及。這個願望，也只好一直擱下來。

反正一切都無所謂，現世，沒有什麼值得執著的。

她攤開紙，開始一行行的寫著離奇荒唐的故事。將自己放逐到塵世之外，足不點地。

過了幾天，她才想起那個被扛回來的血人。她問了老管家，才發現是個男人。

她微微挑眉。男子？從後院抬出來的，居然是個男子？

老管家微微皺眉，「……是卿王爺的男妾。」

「岳方？」慕容馥詫異了。

她認識……雖然沒說過話，但她瞥過幾次，最熟悉的是他的簫聲。

卿皇兄就是這點不好，好色。好女色，也好男色。岳方跟他最久，十三歲就讓他從館子贖出來，安置在王府裡，備受寵愛。

但岳方不是唯一的一個。

每年都有新顏色，男或女。年紀大了，就像是貨物一樣又被發賣出去，常常換新。

岳方今年也三十了吧？算是難得的了，只是沒想到他會是這樣的下場，也沒想到會落到她手裡。

之所以會有印象，是因為他簫吹得很好。而且是少有的，一直不肯改易女裝的男妾。卿皇兄真的很寵愛他，一直任他的性子，沒把他變成閹人。

但再多的印象，她就想不起來了……雖然岳方次次陪侍赴宴。

因為他總是很安靜，和那些爭奇奪豔的妾室們不同。執著簫，低著頭，絕美的面孔像是白玉雕就，一點表情也沒有，無悲無喜。

「去查查他為什麼被打出來。」她淡淡的吩咐。

管家說，卿王妃在岳方的住處搜出八翅金鳳釵。所以打了三十鞭，逐出王府。

真的有人保全呢。不然這三十鞭打下來，應該是死了。不過王妃的手段，還是一如既往的拙劣啊……大概是，皇兄還得靠王妃娘家的勢力撐腰，才趁此機會拔掉這根眼中釘吧……

但這也是一條命。

「去跟王妃要他的賣身契。」慕容馥有些厭倦的說，「一定在她那兒。」

＊　　　＊　　　＊

馥王府，面積約卿王府的一半，但住的人很少。慕容馥乾脆把大部分的樓閣都推倒，完全闢成園子。只留兩個院子的屋舍，一個院子她住，另一個是準備客居用的。

管家自以為明白她的心意，將重傷殆死的的岳方安置在客院裡，兩個院子離得很近。

慕容馥沒有糾正他，但也去探望了一次。

只是怵目也驚心。

近兩年，她一直深居簡出，連卿王府也沒去過幾次，去了也只是略坐坐就告辭了，當然不會留意岳方有沒有在席。

她沒事注意皇兄的妾做什麼？就算是個男妾。

但她對岳方的印象，就還停留在他垂下眼簾，如白玉般雕就，極為出塵的模樣……所以眼下就特別不忍卒睹。

面容憔悴，眼角細紋，嘴脣乾裂，瘦得只有一層皮包著骨頭。原本烏黑的頭髮枯黃凋敗。擱在被上的手，傷痕累累，新痂舊疤相縱橫。十指的指甲像是新拔的，一枚都沒有。

她下了個很專業的判斷：受虐起碼也有兩年以上。

但即使如此，他還是非常非常的美。像是花開到極盛遭到狂風暴雨摧殘後，那種哀頹掙扎，最後絕命的綻放。像是倒懸在屋樑下，默默乾枯的乾燥花，沒有一聲痛呼，依舊擁有芳香的臨終呼吸……

緩緩的睜開眼睛，岳方眼神的焦距有些渙散，好一會兒才聚焦，掙扎著要起來行禮，慕容馥冷冷的說，「免了。」將香木杖擱在一旁，坐了下來。

岳方溫順的躺下，嘶啞的說，「謝過馥親王救命之恩。」

被摧殘得這麼厲害，眼神居然還是這樣傲氣、沒有怨恨，只餘平和。很美麗的眼睛。

「人正，真好。」面目平凡的慕容馥感嘆。

「仁政？」岳方有些疑惑的回望。

慕容馥笑笑，沒有回答他的疑問。「你安心養傷吧。卿王妃雖蠢，倒也知道打人不打臉。我已經將你的賣身契向她要來了。待你傷癒，就發還給你。高興去哪，就去哪。」

岳方一向緘靜的面孔突然緩緩的湧起不敢置信的狂喜，讓他憔悴的面容染上紅暈，像是頹敗的盛花鼓起最後的生機，「我能……？我真的可以……可以……自由？」

「沒人告訴你，鐵觀音親王的話是不容質疑的嗎？」慕容馥淡淡一笑，「我留著你做什麼？世人皆知，我不收面首。」

她眼神悠遠，「你也關得夠了。十七年徒刑……真的夠了。」

擺手不讓他說話，拄起香木杖，她顫巍巍的站穩，「好生休養吧。別的話不用多說。」

她跛行的緩緩走出去，心底很是愉快。今晚大概可以睡得很好。

我真是個偽善又自大的人。慕容馥自嘲著。也只有這種不用親自動手的善事，才會勉為其難的伸伸手。目的也只是為了睡得好。

那天晚上，她才卸了釵環，就聽到緲遠的簫聲。

是岳方。

這不是第一次聽到他吹簫……卿皇兄總是拿他出來顯擺。他吹的曲子通常是〈春江花月夜〉、〈慶豐年〉那樣喜慶曲調。

她會注意到岳方的簫，大概就是因為，這樣歡欣喜悅的簫曲，真正的意味，卻是「死寂」。

死寂、冰冷，異常準確，一拍不錯。隱隱含著金屬餘味的霜寒。

在喧譁囂鬧的歡宴上，這樣的簫聲，像是一種孤寂的諷刺。

原來不是只有我這麼覺得。慕容馥常這樣想。

但現在，這首〈月下獨吟〉，卻那麼不合曲意的歡欣喜悅，終償所願的縈繞盤旋於月光之下。

伏枕靜靜的聽。難得的，慕容馥彎起嘴角，真正的笑。

這一夜，果然好眠。再也沒有奇怪的夢煩擾她了。

但她的好心情並沒有維持太久。

距離她將岳方帶回來一個月，卿王爺微服造訪馥王府。

有種不好的預感，漸漸擴大。

慕容馥趿著急步到花廳，倉促的沒注意到姿勢好不好看。

她和二皇兄慕容卿感情最好，或許是因為慕容卿除了好色這個缺點之外，在冰冷的皇室裡，還保有一絲天真和熱血。

雖然歲月漸漸消磨了這點天真和熱血，她還是覺得，二皇兄還是眾多兄弟姊妹中，最像人的一個。

所以，她很不願意，非常不願意，面對卿皇兄不再像人的那一刻。

他笑意盈盈的站起來，打扮得像是個普通士子。「皇妹，」他一揖，「我就知道妳面冷心熱……我代方兒向妳道謝了。妳不是說想要方好硯台麼？我剛得了一方端硯，妳先將就用，以後若有好的……」

慕容馥側身避過這禮，瞅著慕容卿一會兒，款款坐下。「皇嫂對八翅金鳳釵那麼寶貝，果然只有皇兄才能輕易得手。」

慕容卿有些窘，「不略施小計，方兒怎能平安出府？妳那堂嫂，根本是醋汁兒擰出來的潑婦……」

平安？慕容馥抿了抿嘴。她想到血人似的岳方，被拔光指甲的，光禿禿、滲血的手指。嚴重營養不良，操勞過度，失血太甚，傷口發炎高燒。若不是御醫厲害……此刻岳方的墳，已萌新草。

「所以，皇兄讓我在池畔吹了兩刻的冷風。所以，皇兄讓人把我帶往後門。」她淡淡的說。

所以，根本不是誰萌發了善心。所以，設計她的，就是自幼交好的二皇兄。或許他會覺得這是小事吧……但今天他會因為岳方設計她，來日就會為了別的。譬如皇位，譬如頂缺受罪。

她還是目睹了，二皇兄不再像人的那一刻。

慕容卿覺得有些不對，卻不知道不對在哪。他小心翼翼的說，「皇妹，妳一定能了解，我是不得已的……妳皇嫂不容人，可我離了岳方連飯都吃不下……」

「皇兄為何不先跟小妹通個聲氣呢？萬一我沒管了就走？」慕容馥端起茶碗。

「……滿府都是妳皇嫂的人，我這王爺……唷！」慕容卿陪笑著，「我知道皇妹雖然鐵面無私，可心地是最軟的。其他姊妹兄弟……哎，別說了，什麼牛鬼蛇神。就算人死在他面前，眉毛都不會動一動！這不，來接小方兒我還得自己來！就是怕妳皇嫂知道了，不知道還要惹出什麼麻煩……我已經找好隱蔽的地方了，保證神不知鬼不覺，妳皇嫂也不會來找妳吵鬧……」

你說謊。慕容馥品著茗，默默的想。你挑上我不只是因為我心軟，更是方方面面都考慮到了。因為卿王妃怕我，也只怕我。所以你乾脆把火引到我身上，仇恨轉嫁。

卻不去考慮，卿王妃的父親是當朝宰輔，權傾天下。若是出了任何動搖宰輔支持的事情……你大概會第一時間把我拋出去熄滅秦大人的怒氣吧？

「可惜了。」慕容馥擱下茶碗，「皇兄不早點來。」

慕容卿臉色整個蒼白，「……妳把小方兒交給那個女人?!」他高聲了。

「不，」慕容馥氣定神閒的直視他，「他已經讓我收用過了，我很滿意。」

慕容卿幾乎砸光了花廳裡所有的擺設，慕容馥卻只是冷冷的看著他砸，眉毛都不動一動。

他大聲咆哮的時候，慕容馥只轉頭跟管家說，「砸了些什麼都記下，然後將明細送去給卿王府王妃求償。」

慕容卿一臉不敢置信的瞪著慕容馥。「……妳要為了一個賤妾跟我翻臉?!」

「皇兄言重了。」慕容馥在滿地狼藉中垂下眼簾，接過管家遞來的茶盞，「只能算是無心之過吧？皇兄後院人滿為患，勻個人……還是被逐出府的人安慰小妹寡居的寂寞，也並不為過，不是嗎？」

吵鬧到最後，慕容卿恨恨的走了，撂下話說他絕不會善罷甘休。

二皇兄終究還是成為了另一種生物。名為「男人」的生物……不再像人。

說不定，他早是這樣子，我還自欺欺人。

把女人當玩物，也把男人當玩物。自以為了不起的操控別人的人生，最可笑的就是……他自己的人生，不由自主。

但還是蹦達著，上竄下跳，貪望垂涎著不屬於他的皇位。

皇兄啊，我並不是因為表面上的一個「賤妾」和你決裂。我只是不忍心看著你，載歌載舞的，往深淵走去。

這天她的心情，特別的糟糕。

慕容馥性喜開闊，所以她的院子一出來，就是一個小湖，花了不少心思才讓一條小溪改道，成了一個活水湖。

入秋半湖殘荷。她擺手不讓人跟，拄著杖，踽踽獨行。想讓自己的心思沉靜些。

二皇兄來鬧過後，已然過了五天。管家報告說，馥王府附近多了不少暗樁子，請示要不要驅離。

「隨他們去。」慕容馥默然，「加強我們府內的巡邏就是了……去請一支羽林軍來。萬一有歹徒硬闖……一個活口都不要留。」

雖然她只剩下這一畝三分地……但太小瞧她，是不行的。她倒要看看，皇兄有沒有那個膽，闖進她的馥王府綁人。

她絕非善類。

但她還是煩躁，很煩躁。都已經安分守己退下來了，皇兄還是硬要把她拖下水。岳方，只是個引子。皇家，從來不是什麼善地。

她走過九曲迴橋，風吹殘荷，瑟瑟蕭索。她人生的秋天，好像怎麼過都過不完。

走到橋中，隱隱約約看到湖心亭有人影。她瞇細眼睛想看清楚……秋風漸寒，使女們也不喜歡到此喝西北風。而這個時間，已經過了打掃修繕的時間了……

等她踱步向前，看清楚了是瘦得可憐的岳方時，不覺詫異。他能起床也不過幾天而已，怎麼就走到這兒來？陰天的半殘荷湖，又有什麼景色可以看？

看他站了起來，傾身看著湖水時……有種強烈的危機感湧上慕容馥的心頭。

「不要！岳方！」她厲聲。

岳方驚詫的回眼看她，卻笑得非常的溫和淡然，對她深深一躬。

然後就傾身到冰冷的秋湖中。

「岳方！」她撲到橋欄，只看到一方飄蕩的衣袖。

可惡……可惡！欺負我腿瘸了，跑不過去阻止？慕容馥大怒，從懷裡取出一只短笛猛吹，聲音尖銳高亢，驚動了整個馥王府。

然後她拋掉手底的香木杖，解掉衣服，僅著中衣，縱身跳進寒冷的湖水中。

這是誰也不知道的祕密……她會水，而且游得很好，屬於無師自通那種。一個猛子紮進水底，岳方沒有一點掙扎，緊緊的交握雙手於胸，閉著眼睛直直的往下沉。

可惡……可惡！

但她游的速度還是不夠快，費了很大的工夫才追上，可他的口鼻已經開始出現淡淡的血水。揪住了他的衣領，憋得肺快爆炸的慕容馥心底的怒火更盛。

可惡！

她勉力游出水面，嗆咳著，吃力的拖起沉重的岳方，托著他的下巴，被短笛招來的奴僕大嚷大叫的指著，家將已經放下小舟划了過來。

「招御醫。」凍得脣都青紫的慕容馥冰冷的說，「把他治好！」

家將面面相覷，還是管家說話了，「回殿下，岳公子……斷氣了。」

斷氣？他敢斷氣？老娘到這種地步都不敢犯自殺這樣的大罪……他敢死給我看？

慕容馥粗魯的推開擋在她面前的人，瞪著躺在岸邊，嘴角居然還噙著一絲笑的岳方。

「滾開。」她不耐煩了，「去招御醫！」

慕容馥親手急救，讓他吐出不少水。呼吸是停了，可心臟還很微弱的跳動。

你看，你的身體還在掙扎，你怎麼能夠說死就殺死自己?!

她將岳方的下巴抬高，在眾人驚詫羞赧的目光下，把嘴覆在他的脣上。

沒見過人工呼吸？她對那些低低的抽氣聲很鄙夷。算了……他們的確不知道啥是人工呼吸……

過了一會兒，岳方嗆咳著開始呼吸，抽氣聲瞬間轉為驚噫。

鬆了一口氣，慕容馥的怒火卻更大，她掐住岳方的下巴，強迫他直視自己的眼睛，咬牙切齒的說，「……你最好有個好理由。」

喘氣微微的岳方躲著她的目光，「……不能像個人般好好的活……最少我也希望像個人一樣好好的去死。」說話間，又咳了好幾聲。

慕容馥更用力的掐他的下巴，「錯了。死很不容易。對你而言，特別不容易。你知道為什麼嗎？因為你犯了我的禁忌。」

她雙目宛如寒星，發出冰冽的殺氣，「自殺，是我絕對無法原諒的過錯。你很快就會知道什麼叫做生不如死！」

「抬下去！」她喝道，「派三個人給他，日夜盯著！擦破一塊皮，就自己滾吧。王府不留沒用的東西！三餐都要吃到量，他敢絕食……就給我灌！」

她甩開要扶她的雀兒，搶過香木杖，顫巍巍的自己走回去盥洗。

但即使是舒適的熱水，也沒能讓她心底滾燙又冰冷的怒火稍微退卻一點。

* * *

慕容馥大病了一場。

她身體本來就弱，又跳進寒冷的水裡。一場風寒差點要了她的命，大半個月還躺在病床上反覆發燒。

就知道發脾氣。偶爾清醒的時候，她自嘲著。洩完怒火又如何？還不是拿自己身體開玩笑。這麼多年了……都這麼多年了。她都已經是二十五歲的少婦，早些有孩子，都開始要為兒女親事操心了……

她還是改不了這個暴躁的脾氣。

孩子。她想要有個孩子。

在發燒得全身疼痛，咳得幾乎要出血，喉若吞炭時……她很軟弱的想，我要我的孩子。

一個閒散世子，還不錯吧？但在她死之前，都還能庇護得到，兒子或女兒。和她血緣相連，可以放心去愛的人。

沒有算計、沒有心機。用不著帶著面具面對的人。

我的孩子。

乾脆……隨便買個男人好了。反正人牙子貨源很充足。等生完孩子，遠遠的送走。反正我是女帝的女兒，大可以理直氣壯的生私生子，誰也不敢多說話。

什麼堅持，什麼狷介，通通抗不過女人天生想要子嗣的願望。

無所謂，反正什麼都無所謂。

她的高燒終於退了。眼睛睜開來，就看到瘦弱的岳方坐在她的床頭，正在朝她額頭敷溼巾子。

「……你倒比我早痊癒。」聲音很是嘶啞，她感覺更難受，嗓眼像是塞滿石頭。

「殿下醒了？」岳方一臉平靜的回答，「敝人早已癒可，託殿下的福。」

「在我面前不要弄那些敬稱，我聽著煩。」慕容馥無力的擺手，「餓了。」

他躬身，出去喚了使女，沒多久就端了一碗白粥過來。雀兒卻把白粥遞給岳方，岳方也很自然的接過來，要餵她。

怎麼回事？

她睇了雀兒一眼，卻沒說什麼，半躺在迎枕上，一小口一小口的喝白粥。

「殿下，我……」岳方攪動白粥，「我不想給妳添任何麻煩。蒙您搭救，已然不知如何報答了……」

這是在解釋為什麼自殺？慕容馥冷笑了兩聲。「你是吃定我。人活著都肯救了，死了當然也會辦喪事，是吧？像個人似的死？你就這麼回報我救你的恩情？」

岳方低頭不語，只是又舀了一匙白粥餵她。

就算再三警告自己要心平氣和，改掉壞脾氣，可此刻她的怒火依舊沒能壓住。

「還是你認為一個閒散親王護不住你，吭?!」

岳方僵了一會兒，眼神漸轉不屈，「……無功不受祿。為了我一個卑賤之人讓兩位殿下置氣……沒這種道理。」

她的怒氣消散了一些，躺回迎枕瞅著他。「我不跟他置氣最好的辦法，就是將你送還。」

岳方的臉孔褪了所有顏色，連嘴脣都成了櫻花白。壓抑住顫抖，卻沒有一字哀求。「……但憑殿下處置。」

慕容馥的心底動了動。似笑非笑的問，「真的嗎？」

「……是。」他神情更端肅，端肅得有些發狠。

其實，從男館出身，又讓卿王爺寵佞，不管他怎麼盡力維護薄弱的自尊，不似時下男妾女裝獻媚，還是多多少少有些女氣。

一種有些傾頽的陰柔。

不過他長得極美，就算是三十歲了，還有種芳華月映的風姿。據說他琴棋書畫無一不精，在笙簫上面的造詣更是無人可比。

小孩子還是長得美點比較好……像她就不好了。「人正真好」這個定律是強大的。就基因改良上來說，岳方不錯。

被壓折那麼多年，還保持這樣的錚然傲骨……不合時宜，但更不錯。

「好。」將岳方看得惴惴不安良久，慕容馥終於開口，沁著不明所以的笑。「你說得對，無功不受祿。我給你兩條路。

第一，你可以自由離府。但你一出馥王府，大概就會讓卿皇兄抓回去。如果你甘願繼續服侍他……那當然是皆大歡喜。」

岳方低頭思索良久，「……第二條路呢？」

看起來，卿皇兄是剃頭擔子一頭熱，人家根本就不要他啊。

「第二，既然我已經告訴皇兄收用了你……不如就弄假成真吧。」

慕容馥嚴肅起來，無視岳方的驚愕，「我要個孩子。你委屈一點……就委屈五年。到時候，你也三十五了……什麼樣的花容月貌也沒了，皇兄那人我清楚，拖個幾年自然有更好更美的人疼了。

你想像個人一樣，好好活著，對吧？我猜你一直都是抱著這樣的希望，不然早早尋死了，何必拖到現在？我跟皇兄不同，一諾千金。我說五年，就是五年。若是我生了，你還能提前自由。我用馥親王的名譽發誓，一定保你周全。我甚至可以安排你去江南，為你置辦產業，並且為你除賤籍。」

岳方微微張著嘴看她，驚訝、羞赧、疑惑，還有深刻的惶恐，與同樣深刻的狂喜與不相信。

他半生都在絕望中度過，不相信這樣好的事情會降臨到他身上。

見他緘默，慕容馥也沒催他，只是說，「水。」

等岳方將水遞到她唇邊，無力的喝了幾口，她搖了搖頭，又躺回迎枕。

「你好好想想……」她承認自己的口吻像是惡魔的誘惑……但她本來就不是什麼好人，「到時候，你才三十五。假設你能活到六十，還有二十五年的好時光，來得及娶妻生子，傳宗接代……」

「……為什麼？」岳方的聲音軟弱，「為什麼會是……會是……我？」

「因為你很美，聰明，又有音樂天賦。」慕容馥感到有些疲憊了，還是耐著性子勸誘，「小孩子像你會滿好的。」

「長得美只是災難。」岳方的眼神沉了下來。

「有我這樣的娘，長得再傾國傾城也沒干係。」慕容馥皮笑肉不笑的，「我是懶得爭。犯到我頭上來……雖遠必誅！只要你是我的人，也同等辦理。」

想了許久許久，岳方保持著神情的嚴肅，可面泛霞暈的搖了搖頭。

慕容馥有些發悶了。難道太久沒呼嚨人，功力退步了？帝母那麼強悍的人物，她都攻無不克……怎麼百年一度收個借種的對象……這麼難？

「為啥？」她又累又煩，暴躁的脾氣又快壓不住了。可惡！這樣真的要去人牙市場隨便買個男人……不知道會生出什麼二五六來……

岳方深深吸了口氣，壓抑住羞赧和發抖的聲音，「……我、我……我從來沒有服侍過女子……怕是、怕是有負殿下所託。」

慕容馥嗆到了。大咳了好幾聲，差點被自己口水嗆死。

嗯。二哥，你是攻無疑……不對，也很難說。

「你……你沒對我皇兄……」她發誓，她只是單純的好奇。

可岳方立刻變色，將臉轉開，拳頭握得緊緊的。語氣很緊繃，甚至還有絲漠然的怨恨，「卿殿下是貴人。」

大概懂了。

「你喜歡男人呢，還是女人？」慕容馥單刀直入的問。

原本緊繃的岳方開始坐立難安，羞得要鑽到地縫裡。被逼問了幾次，他才期期艾艾的回，「我幼年就賣身到……那種糟污的地方。誰會、誰會天生就喜歡……被男子……成了斷子絕孫的罪人……？」

慕容馥鬆了一大口氣。「哎，我就說嘛。」她露出虛弱卻邪惡的笑容，「沒關係，姊姊教你好玩兒的事情。」

* * *

馥親王慕容馥。

未封親王時，曾封為律宇公主，之後以十四歲的稚齡，轄治刑部。卻迅速落實了轄治權，屢破大案懸案，震驚天下。

鐵面無私，不畏強權。朝廷命官在她手底掛著十八個人頭，當中甚至有宗親世子，證據確鑿，而且無從講情，連翼帝都對她束手無策。

是她在菜市口連連監斬十八個高官貴族，也是她縱馬過市，一路吼著「刀下留人」，硬生生救回兩條冤屈的性命。

許多皇親國戚都恨她入骨，彈劾奏摺總是堆滿帝案。可是翼帝非常維護這個女兒，誰也沒能動她分毫。反而在民間和能吏間，有了極高的聲望。

她甚至到邊關犒軍過，適逢蠻族叩關，她親自城牆督戰，雙手染過蠻族的血，一箭射穿蠻軍的軍旗。

在她十八歲之前，一直都是呼聲最高的皇太女人選，直到墜馬斷了腿，才鳳凰折翼，失去問鼎天下的資格。

直到現在，七、八年過去了。已經封為閒散親王的慕容馥，依舊虎有餘威，皇親百官，對她依舊多有忌憚。當年在她手下做過事的官吏，隱隱結成一黨，互相奧援，依舊是馥親王的支持者。

可見她當年是如何驚世絕豔的傲人風采。

但岳方，知道得更多一點。卿王爺赴宴或論事都沒避著他，他雖然木然的站在一旁，也多了解了許多祕事。比起外人，他更知道馥親王比起傳言還更驚駭人些。

卿王爺總是用種羨慕又夾雜著些微忌妒的口吻，談論他這個「不為鬼神，必是妖孽」的皇妹。

他總是垂下眼簾，安靜的站在一旁。傾聽這些片片斷斷，試圖重組出真相。這是他無奈痛苦的人生中，唯一可以排遣的娛樂。

讓岳方詫異的，倒不是馥親王的智慧和霹靂手段。

而是她的分寸和拿捏。

兩代女帝，基本上最動盪不安的時刻已經過去了。二、三十年來，女帝皇權已然穩固，該挑掉的頑冥分子已經盡殺，問題出在那些自以為有從龍之功，卻貪婪腐敗到不堪聞問的佞臣。

數量龐大，盤根錯節。岳方冷眼旁觀，頗感興趣的想過，就算皇位奪得來、坐得穩，可這些蠕動的肥碩蠹蟲該怎麼辦？

這些又肥又毒的蠹蟲，正在啃噬皇朝的根。

大樓將傾，國之危矣。

終究沒讓他失望，帝室果然出手。但讓他驚訝的是，當時還是皇太女的翼帝居然讓那個十四歲的小公主站在第一線上。

那年，他十九歲，在卿王府已經六年。看著面目平凡，卻盡顯銳氣的小公主，他很詫異。

但沒想到，這還不是最值得詫異的。

外傳暴躁嚴厲的小公主，卻那樣細緻的動刀。從最外圍一點一滴的削除勢力，覷緊時機，猛然若毒蛇一噬，亮出獠牙一擊斃命。

他相信，這背後絕對有鳳帝和皇太女（之後的翼帝）的濃重影子。

但是，小公主對許多沒人敢碰的大案、懸案大刀闊斧，某些事主和皇室關係極近，她也敢逼迫到帝室的極限……卻又小心翼翼的沒有越過。

厲害。很有意思。

她的兄弟姊妹，沒有一個能跟她比肩。就算是被誇成文武雙全的卿王爺也不能。說不定，卿王爺自己也很明白。他最大的優勢，不過是身為皇子，是個男的。許多老臣還不死心，意圖恢復「皇帝」，而不是讓皇位落入婦人之手。

論文韜武略，他連現任的皇太女都比不上，更及不上馥親王的小指頭。

讓他分外窘迫驚喜和恐懼的，就是這樣暴躁狂野的凰鳥，邀他共翱翔。

我配嗎？岳方自卑又自棄的問自己。

更嚴重、更迫在眉睫的是……我會嗎？這個問題讓他焦躁得團團轉。

他很清楚，有的男人是愛男人的……像是卿王爺，但絕對不是他。可二、三十年被男人當玩物，他早已經麻木了，已經很久沒什麼反應了。

怎麼辦？

他倒不是怕伺候得不好，馥親王砍了他的腦袋……馥親王兇名在世，可手下沒背過半條無罪之人，他比誰都知道……卿王爺就很恨這一點，說馥親王根本就是個假惺惺的偽善鬼。

他是……他是……

他實在很怕在偶像面前丟臉啊！

可馥親王的風寒漸漸好了，也吩咐把他的行李被褥都搬去親王的院子。暫時安置在東廂。

終於，馥親王差人喚他過去「守夜」。

一直都很冷靜，冷靜得接近麻木的岳方，只覺得腦門嗡的一聲，緊張得幾乎昏厥，連怎麼走進馥親王的房間，幾時走進的，都不曉得。

應該是剛洗好澡，馥親王只穿著寬大的書生袍，半乾的頭髮隨便用條手巾鬆鬆的紮著，盤膝坐在小几前……棋坪已備。

「坐。」捧上兩缽黑白棋子，「聽說你棋下得挺好的。陪我下一盤？」

原本緊張得面無表情的岳方，好一會兒才聽懂她的意思，心神略定，正要正坐（跪），慕容馥卻擺手，「夠了。你不嫌跪痛腿，我看了都累。盤膝坐吧，又沒禮官在旁邊虎視眈眈。」

岳方暗暗呼出一口氣，思考了一會兒，下了一子。

他是男館培養出來的「高材生」，琴棋書畫只算基本功而已。當中最擅長的就是棋。但他性子實在執拗，勉強相讓都瞧得出痕跡，所以卿王爺不喜歡跟他下棋。

而後宅裡頭也出不了什麼國手，他不免有種高手寂寞的感覺。

馥親王相邀，他樂於從命，可也沒抱什麼期待。

只是糾纏到中盤，他有些變色。下棋講究中和平穩，磨礪心智。可馥親王下棋卻非常狂野，只攻不守，殺敵一千，自損八百。拚得是兩敗俱傷，同歸於盡的路數。

……只能說是潑皮無賴之流。

但不得不佩服，她腦筋非常靈活，應變快速。下棋下得飛趕，不僅大開大闔，招招連環，還頻頻催促，他只好殺招四出，好搶一點思考的時間。

一個不小心，他贏了。

「不錯。」馥親王稱讚，「就是下太慢。」

「棋，磨練心智，講究養氣中平。」岳方斟字酌句的說。

「才不是，棋就要兵貴神速。要養氣中平，乾脆出家去吧。」慕容馥懶懶得將棋子扔回棋缽，「怎麼樣？沒那麼緊張了吧？」

岳方僵住了，默默的收棋子，白玉似的臉孔，一點點的慢慢紅了起來。

將養兩個月，還是瘦骨嶙峋，好歹脫離了不死族行列。大夫是說，他長期飲食不足，又操勞過度，所幸原本的底子還不錯，瘦了點，可恢復得很好。而且支支吾吾的說，腎水充足，陽氣極盛，理論上是行的。

可惜，理論和實際總是有差距的。

慕容馥暗暗嘆了一聲，正色說，「其實我長得雖然不好看，但也沒長得很恐怖吧？為什麼一個個在我面前都軟了？欸，我不是說你，我是說那個死掉的額駙。」

岳方的臉更紅，眼睛都不知道往哪擺。只是他千萬也想不到，心目中的偶像，講話會這麼……「直率」。

「當初我跟他成親呢，他得借酒壯膽才敢進房。」慕容馥納悶了，「可事到臨頭……他就軟了。折騰半天才成事……就幾個呼吸間。」她嘆氣，「所以說，萬一真的那啥不行，應該是我的問題，你不要有心理負擔。」

他很想忍住，可還是噗嗤的笑出來。

人正真好，嘖嘖。慕容馥看著岳方一笑，一整個感嘆。怪道卿皇兄捨不得放手，難怪會有君王烽火戲諸侯。平常嚴肅著臉的美人兒的笑，真是彌足珍貴。

她不由得柔聲，「我知道這事兒勉強不來，我們又還不熟。我們先交往一陣子……我是說，相處一陣子。若真的處不來，再做打算，好不好？」

慕容馥終究是個實際的人。額駙怕她怕個賊死，看到她全身上下連那根都軟了……她也認了。寡居之後，她收過一個入幕之賓……也是看到她就雄風不振，最後攀了高枝去了。

強摘的果子不甜，她比誰的認知都深刻。而且男人不願意，想勉強他也有難度……她又不是能放下身段試圖強迫的人。

她也對自己的狷介和傲氣很沒法子。

但岳方不知道她如此實際又曲折離奇的心理活動，只是抬頭愕然看著她。他四、五歲就被賣到男館裡，諸般才學可以說都是從棍子裡揍出來的。

從他有記憶，就不曾被人體諒過，從來沒有人問他樂不樂意，也沒有不樂意的權利。

他會默默的崇慕馥親王，說不定就是因為，他希望成為那樣傲然錚骨、冷面厲顏的掃盡天下冤屈的人。惋惜她的折翼和不幸，又佩服她的淡然和知所進退。

可她活生生的盤膝坐在他面前，溫柔的給他選擇不樂意的權利。

「……我沒有勉強。」他低下頭，眨著眼睛，試著把淚意逼回去。

慕容馥歪頭看著他……呃？她膝行到岳方的面前，「那個……你不是在哭吧？這下破新紀錄了……我把人嚇哭。」不由得有些氣餒。

老娘只是想借種生個小孩，怎就這麼難呢？

岳方抬起微紅著眼眶的臉看著一臉鬱悶的慕容馥，鼓足勇氣，將顫抖的唇貼在她的唇上。

這還是他生平第一次主動吻了人。

「那個，不要害怕。」慕容馥安慰他，「還有，我手撐得很痠。你看我們姿勢是不是要喬一下……不然這樣接吻很辛苦。」

岳方發顫的笑了起來，不知道是害怕還是興奮。他試著主動抱住慕容馥……

她身上沒有脂粉味，而是淡淡的皂角，很乾淨的味道。而且，很軟，並且溫暖。

＊　＊　＊

岳方抱著慕容馥，正在發怔。

慕容馥已經睡得在打貓咪呼嚕了，可他眼睛睜得大大的，一點睡意也沒有。

實在說不上是成功還是沒有成功……只是給他的震撼真的很大很大。

說沒有成功吧，可該做的事情都到位了。說成功吧，他幾乎堅持不住，到位就……就結束了。

他窘得不知道該怎麼辦，馥親王卻一直安慰鼓勵他，說男人第一次都是這樣的。

真的嗎？他不知道。他很想補償一下，比方說用其他方式……可馥親王拒絕了。

「喂喂，這回事叫做兩情相悅。」她半閉著眼皮說，「不是誰服侍誰……記住了？」

他呆呆的點了點頭，還沉浸在那瞬間奇異的快感中。

最後馥親王翻身面著牆，教他把手穿在頸下，另一隻手擱在腰上，睡意濃重的咕噥，「相擁而眠喔……其實只是讓你天亮手發麻，不實際。這樣我絕對不會壓麻你的手，而且睡起來比較暖……」

「……殿下，妳對我失望是嗎？」他稍微回神，低聲問。

「哪有。」她的咕噥已經快變成囈語了，「我放心把後背交給你呢……」就睡了過去。

他將臉偎在馥親王的頭髮上，攬緊了她的腰。女人的身體真……軟。不管什麼地方。

不由自主的想到那個瞬間，那個奇妙、興奮、狂喜而飽足的瞬間。想到那個瞬間……他瞠目看著自己起了反應。

他還以為……以為早就麻木不仁，以為自己會非常厭惡……以為自己久歷風月，再也不會有什麼感覺了。

事實卻不是這樣。

現在，該怎麼辦呢？還是不要動吧，吵醒馥親王怎麼辦？她睏得那樣。

她把後背，放心的交給我呢。

原本的慌亂、羞愧和煩惱，漸漸平息了下去。閉上眼睛，他想。活著似乎也沒什麼不好。

起碼眼前看起來是這樣。

第二天早上，睡得極好的慕容馥都有點捨不得張開眼睛。這麼好的睡眠品質真是可遇不可求……果然人類需要陰陽調和，禁欲太久有害身體和心理雙重健康。

就算只調和了那麼一小會兒。

不過，岳方挺可愛的，是個好孩子。看他慌張得要命，她只能死死的把笑悶在肚子裡。

最少他沒有瞧見自己就軟掉，這點算是很勇敢了。而且呢，時間長短，也不是重點。對方渴不渴求自己，是不是沉溺其中，才是真正的重點。

睜開眼睛，正好看到岳方的大特寫。他早醒得炯炯有神了，正在專注看她的臉。看她睜眼，他立刻給了個百花盛開極其華麗的笑容，讓一大早的慕容馥就有些暈暈顛顛。

「呃……早。」她這才發現自己睡姿不佳，不知道幾時翻了身，「我壓疼你的手沒？」

「沒有。」他溫和的說。

「那就好，那就好……」慕容馥乾笑兩聲，「那個，我先起床穿個衣服……」

岳方咬著脣，卻沒有鬆手。有些怯怯的問，「唔，殿下……」聲音細如蚊鳴，「能否……能否讓我再試一次……？」

他的耳朵紅得發軟，兩靨生霞。這時候，慕容馥完全原諒他骨頭磕得她發疼了。一時作惡，慕容馥沒有回答，卻舔咬了他的耳朵，把舌頭伸進去。岳方手底一緊，輕聲低呼，全身繃得緊緊的。

「咦？」慕容馥非常惡劣的笑，「你敏感帶在這兒啊～」

「殿下！」他又羞又氣，「別！不要……別……」

「別怎樣？你不是要試試？等等，等等！我還沒刷牙，喂！」她躲著不給人親。

「我刷過了。」岳方有些賭氣的捧著她的臉吻了，鼓足勇氣，壓在她身上。

這次換慕容馥醒得炯炯有神了。

岳方睡得很熟，昨晚他胡思亂想了大半夜，睡沒一會兒又醒了，很怕是一夜幻夢，醒來依舊在卿王府。

直到親眼看見馥親王在他懷裡醒來，還「試」了一次，他才確定一切都是真實的，安心的昏睡過去。

現在他枕著慕容馥的頸窩，整個人都放鬆了，連眼角的細紋都舒展開來。慕容馥也沒有動。岳方躺得很小心，沒壓著她。她心裡有點發軟，半側著臉看著熟睡的岳方。

吃過許多苦頭……可憐的孩子。

稍微把他當個人一點，就那麼驚喜莫名。其實，我不過是在利用他，跟其他人也沒什麼兩樣。

她默默的鄙視了自己一把。

但她很快就卸下心理負擔，享受賴床的滋味，有美在懷，真南面王不易矣。當然，這個美人兒身體實在還弱了點，年紀大了點。也不是什麼天縱奇才，完全比不上鄉民的三十公分……

但她想起一個作夢夢到的笑話……有個男人自誇自己非常的「生猛」，足以讓女朋友胃穿孔……那廝大概是屬驢子的。

她噗嗤了一聲，岳方皺緊眉緊閉眼睛，在她肩窩拱了拱，才又睡熟。

這麼淺眠……這麼敏感。唔，剛剛大約半刻鐘吧？還在正常值內，她的要求很低。

她向來覺得，男女之事，得算上綜合評分，需要評估的項目，大概可以列上一大張紙。時間啦、尺寸啦，其實都是濫廝皮肉等而下之的評斷。真正拿高分的，是「悅」。

悅人悅己，對方高興，自己快樂，相輔相成。上床前期待，在床上時迷亂相悅，下床時心滿意足，瞧著他開心，他瞧著自己也歡喜，這樣才算是滿分的情事。

時間和尺寸，都是很末微的事情。只有那種新手和不入流的傢伙，才會自作聰明的當作最高原則。

她撇了撇嘴角。什麼行當都是分三六九等的，想要成為超等淫棍還不簡單呢。是老娘懶得調教笨蛋，與其上個床上到氣身魯命，面對或討好或諂媚的臉孔，老娘就生煩，不然當個超等淫棍有什麼困難的？保證每個都服服貼貼，後宮要多大就有多大，還每個都死心塌地。

更何況，她可是馥親王，養後宮是受到女帝支持的。

只是不喜歡而已。覺得麻煩，不乾淨。若不是很想要自己的孩子，她還真不想沾惹這些麻煩。

因為她是馥親王，是曾經差點成為皇太女的皇女。她甚至為了自保，還跟當初刑部的同僚部屬有往來，暗暗扶持他們。

她不能收任何人獻上來的美人，更不能寵幸他們。那是一對對的眼睛，伺機想找出徹底除掉她的機會。她冷眼看太多了……因為這就是她和帝母慣用的手法，那些死有餘辜的佞臣奸吏，所有確鑿的證據，都是這麼來的。就算沒有證據，一點風吹草動，偽造也造出一堆。

她哪能為了一時的快樂栽跟斗，何況必定會牽連到帝母。更何況……又不見得快樂。所以她才想去人牙市場買男人。因為背景會是乾淨的。

她會收岳方，理由也差不多。他沒有背景，也不會是卿皇兄的眼睛。畢竟她還是把自己放在第一位的。

可她雖然不是個好人，卻還有良心這玩意兒。她能戴著假面具和皇室百官周旋，但利用了飽受磨難依舊緊抱自尊的岳方，還是會愧疚的。

尤其是，他這樣溫馴信賴的伏在自己懷裡。

「我若是男人，肯定是天下第一好男人。」慕容馥自言自語著，「我都快愛上自己了。」

白天的馥親王，非常嚴肅，而且生活非常規律。

她早上都要騎一個時辰的馬……甚至手把手的教岳方。雖然她知道岳方不會騎馬時，吃了一驚。

「卿王府沒有馬？」她真不敢相信。連後宅的那些鶯鶯燕燕都會騎，她還跟她們賽過馬。

岳方淡淡的笑了，「只有我不能學。」

「你試著逃跑過？」馥親王還保持著在刑部的敏銳。

岳方默認了。

「我教你。」慕容馥笑笑，「我不怕你逃跑。不學怎麼行？遇到危險，只能乾瞪眼。」

馥王府的格局很奇怪，大片的湖、大片的草地，還特別開闢可以繞著園子跑馬的馬道。

可看起來非常明亮、遼闊。

「我以為……殿下墜馬以後就不敢騎馬了。」岳方看她騎得那麼雄糾糾、氣昂昂，不無詫異。

「除了騎馬，我沒辦法作其他的活動。」她晃了晃瘸腿，「再說，從哪兒跌倒，就要從哪兒爬起來。」一臉的不在乎。

「……殿下，妳沒有成為大燕的君主……是大燕的損失。」岳方衝口而出。

慕容馥勒停了馬，驚訝的看著騎馬騎得膽戰心驚的岳方，露出深思的眼神。岳方平靜又堅定的看著她，只有馬兒躁動時，才露出些微慌張。

「這話啊，別再說了。」她淡笑，「這府、這些人，都是帝母賞給我的。」

岳方回思，後背立刻讓冷汗沁滿。他在卿王府浸淫已久，深知這些話可能造成的惡果。

「你也不要太擔心，不過就是失言麼？」慕容馥嘿嘿一笑，「不過你的讚美讓我很受用，謝謝啦。」一夾馬腹，她連馬鞭都沒用上，馬兒就已經縱蹄狂奔而去。

岳方怔怔的看著她的背影，這時候的她，終於和傳聞裡的「鐵觀音」，有了重合之處。

馥親王不但拉著他騎馬，連每天的飲食都細心注意，她說，這叫做「營養均衡」。她唯一會勉強他的事情就是……不准挑食。

不過她特別恩准他可以不要吃雞皮和肥肉……因為馥親王也不吃。

其實，她還是個霸道、我行我素的親王。但她的要求，總算是比較合理，比較容易達成，的確是為了他好。

雖然她有些話很難懂，卻不是因為他學識不夠淵博的緣故。

譬如說，「營養均衡」。譬如說，「人正真好」。到現在他還沒弄懂「星期」、「禮拜」是多長的時間，只是從她的話推斷起來，應該是日期的計量，但是多長就真的不知道了。

他忐忑幾天，還是小心翼翼的問了。

馥親王搔了搔頭，仰頭看著天花板好一會兒，「那個，你聽說過不？慈雲長老和無明道長都想收我為徒。」

岳方點了點頭。

「這也不是什麼祕密，我到今天還搞不懂。」慕容馥坦白，「我打小就會作怪夢，常常整夜整夜的不安寧。我會學武，就是要讓自己累到極點，才能得到好一點的睡眠品質……所以我常莫名就知道一些奇怪的事情，大部分都沒有什麼用處。

為了這毛病，看過的御醫都不知道有多少。後來慈雲長老說，我這是天眼微啟，略窺天機，可他也沒辦法把這什麼天眼的關起來。他是建議我乾脆出家啦，連無明道長都這麼建議……」

慕容馥嘆了很長很長一口氣，「但那時候我實在還小……我還會憧憬……愛情啦、婚姻啦、男人啦……這些沒什麼用處的東西。」

她聳了聳肩，「幻滅是成長的開始。我倒是成長得挺快的。」

岳方默然聽到最後，為難了好一會兒，「……殿下，這、這樣重大的祕密，妳不該告訴我。」

若落到有心人手底，不知道會操縱成什麼樣子。

「哎呀，安啦。我誰？我可曾是刑部提督，辦案識人可是一等一的！」慕容馥心情挺好的拍他的肩膀，「岳方是好孩子，而且嘴很緊。你那麼不待見我皇兄，即使我都跟他撕破臉了，你也沒講過他一個字的陰私。」

他沉默了一會兒，「……卿王爺，有的時候，待我也不錯。」哪能離了人，就翻臉無情，落井下石？這種事情行來，他都要瞧不起自己了。

慕容馥的眼神柔和下來。骨頭倒是硬得很，心地卻這樣軟，保證吃虧一輩子。

呿。帝位無我份，難道護個軟心腸的美人兒還不成？真不成了，我不如買塊豆腐撞死。

「我坦白跟你講，我把你看成自己人……最少這五年內，絕對是自己人。自己人，不要貪贓枉法，我都會死罩到底。」她柔聲說。

「為、為什麼？」岳方有些無措。他可不相信馥親王會跟卿王爺一樣惑於美色。卿王爺會氣急敗壞的硬要把他追回去，他心如明鏡似的。

那可不是為了他即將凋零的美色，而是因為他知道了卿王爺太多隱私。卿王爺的心計太下乘，城府也不夠。

「你別生氣啊，我實話實說。」慕容馥淡然，「你的身分和我差太多了，又和我沒有利益上的衝突，是背景乾淨、沒有主子的人。而且，你還有求於我，更何況你不惡舊主。所以我可以放心相信你、同你說話。」

岳方垂下眼簾，覺得心被扎得痛縮成一團。馥親王非常誠實，但也非常殘忍。那樣明白冷酷的讓他看清楚，他的身分，他的位置。

「可我呢，給你一個承諾。」慕容馥粲然一笑，「我和你一起的時候，絕對沒有其他男人。不過你也要給我爭氣，不可以有其他女人。別讓人笑話我……馥親王哪能跟人共用？」

她握緊拳頭，非常氣勢萬千，「臥榻之側，豈容他人酣眠?!」

岳方笑了出來。馥親王的千金一諾，為了他這個下九流的人。

「我沒有生氣，真的。」岳方柔聲，容顏那樣明朗，宛如秋水長天。

＊　＊　＊

早上的閒暇，馥親王幾乎都消磨在書房裡，埋首寫個不停。瞧他沒事幹，塞了一堆稿子給他，「你字寫得怎麼樣？」

「……還行。」不明所以的岳方謹慎的回答。

「文筆呢？文采如何？」

「……難登大雅之堂。」

「不用登什麼大雅之堂，反正給人說書用的稿子。」她低頭又寫了幾行，「那些人淨胡扯，把我說得日審陽、夜審陰……本王是妖怪不成?!但一寫文言文，我腦筋就打架，要寫好久……第二語言真麻煩……你幫我謄稿兼潤稿……媽的，我讓他們鬼扯?!我自己寫！」

岳方疑惑的看著龍飛鳳舞的草稿，一下子就被吸引住了。他瞳孔放大，呼吸急促……這是馥親王在刑部親審過的案子。

第一手資料！

雖然岳方不知道粉絲是啥玩意兒，可不妨礙他呈現狂熱粉絲狀態。

「都是……都是您……殿下，是您親審過的……？」他的聲音都顫抖了。

「你拿的那疊是。」慕容馥頭也不抬，「還有一疊我寫著玩兒的……那個誇張許多。刑部有很多奇怪的案子，我沒事幹就拿來琢磨。寫偵探小說是滿好的題材……」

岳方幾乎是抱著虔誠的心情，仔細萬分的潤稿，添加回目和詩詞，一手簪花小楷，讓這份稿子提升到藝術的高度。慕容馥瞧了都大加稱讚，直說是化腐朽為神奇。

只是這份名為「律宇案」的話本，卻沒達到慕容馥的要求。

隨著話本的暢銷和說書人的追捧，「馥親王」更被傳得神乎其神，甚至連她的生祠都跑出來了。更淒慘的是，還有那求告無門的悽苦百姓，乾脆來擂她的門，求「馥青天」作主。

我都公布真相了，又沒有什麼神奇的地方……我招誰惹誰啊我?!

「幹！」慕容馥破口大罵，「捧殺！」

大怒的慕容馥氣得在下午多添了個行程，開始練習射箭。

她底子薄，雖然自幼習武，曾有過段健康的時期，可惜墜馬後幾度瀕死，好不容易救活回來，底子真摧毀乾淨了。

昔日她最盛時可開一石半弓，現在頂多開到一石。讓她拖來一起練的岳方更可憐，連她小時候玩的半石弓都開不了。

話說他被苦役折磨兩年，也該練出臂力……可嚴重營養不良，消蝕掉肌肉，這受損不是一年兩年可以恢復過來的。

偏偏他又不太愛吃肉，只好請王御醫來開食膳。她就不信了，高蛋白、高營養、適度的運動，還不能給他強健的體魄。

現在給他用的是特別打造給仕女用的軟弓，圖個舒筋活血，別說百步，能射出三十步就要偷笑了。

「不管怎樣，還是要學。」慕容馥一本正經的說，「禮樂射御書數，君子居家旅行人馬平安殺人滅口……必備良伴。」

「……殺人滅口？」

「咳。」慕容馥清了清嗓子，裝作沒聽見，「射箭這學問雖然精深，難學也難工，雖然難以自救……緊急時來不及……但救人時往往可以發揮強大的功效……別射到要救的人就好了……有時候誤射也不是壞事。」

「啊？」岳方瞠目了。

說到過去的「豐功偉業」，馥親王一整個眉飛色舞，「有回呢，我辦案的時候剛好遇到一個歹徒架著個人質負隅頑抗。場面超亂的……一個不小心會釀成民亂，恐怕到時候踩死的人比被刀殺死的多。

我急呀，可馬上除了一把劍，就是一把弓。於是我射出一箭……可那馬好死不死踏了一步射偏了……剛好射到人質的大腿上。」

「啊！」聽得入神的岳方驚叫起來。

「可人質傷得這樣走不動啦，歹徒怎要這個累贅，扔了人質就又要抓人，剛好讓捕快找到機會抓住了。」慕容馥洋洋得意，「人犯，逮住了。人質，獲救了。民亂，沒發生。你瞧瞧，這個誤射是多麼英明神武……」

……萬一誤射到人質的腦袋上呢？

不知道是安慰馥親王，還是安慰自己，岳方笑得有點發顫，「殿下的愛駒若不踏那一步，想來也不用誤射這樣的兇險……畢竟您曾一箭射穿蠻子的軍旗，號稱百步穿楊……」

「呃……」慕容馥搔了搔頭，「其實，我不是要射軍旗。本來我是瞄準十丈外的蠻族大將……為什麼會射翻軍旗，我也很納悶……反正！」她很大氣的揮手，「打仗準頭不重要！重要的是覆蓋面積夠不夠廣……準頭差不多就行了！」

之後慕容馥一張弓，岳方會火速退到她身後三步半，非常恭敬。

成為「自己人」，慕容馥就隨意很多。的確褪去層層傳說的超凡入聖，卻顯得這樣平易可親。

「以前，覺得一天天永遠過不完。」端著飯碗的岳方輕聲感嘆，「現在卻覺得怎麼過得這樣快，一下子就天黑了……好像才起床不久。」

「兩個人，日子就過得快。」慕容馥夾了一筷子的肉到他碗裡，「我一個人的時候，也覺得捱不到天黑。數著水漏過日子呢。」

岳方望著大口吃飯的慕容馥，慢慢的撥著飯粒。「……殿下，妳為何寡居至今？妳若真的很不喜歡面首……何不、何不……滿朝文武，崇慕妳者甚多……」

「是喔，對啊。」慕容馥漫不經心的回答，「可他們不是愛慕『慕容馥』，而是愛慕『馥親王』……和這王號後面的所有資源。我有病？自己清心的日子不過，沾惹一堆心懷叵測的便宜親戚，好給他們雞犬升天？

這叫做雙輸。我被煩死，大燕朝多了許多新貴蠹蟲。這麼蠢的事情，智者不取。」

「可、可是……天朝大將軍何進，」岳方捏緊了筷子，「一直都對您愛慕有加……」

「對啦，他喜歡『慕容馥』。可他求帝母把我連降三階，用馥郡主或馥縣主嫁去他家。我雖然沒有討厭他，卻也不喜歡。更不值得為他削我爵位……拜託喔，他以為他是誰？」

她皺了皺鼻頭，「最重要的是，他老想調教我成他心目中的淑女……去死！只有老娘調教人的，哪有人調教我的？最重要的是，戰士的智商還沒猩猩高！我不要笨蛋……嫁過一個笨蛋就倒楣死了，還嫁第二個？」

端著飯碗，岳方有些茫然。每次馥親王情緒激動的時候，就會冒出一堆聽不懂又沒有邏輯的辭彙。

但大概的意思懂了。

等她喝完湯，擦了擦嘴。轉思一想，又露出壞笑，「怎麼，岳方，你擔心我討個額駙來虐待你？」

吃到一半的岳方差點嗆著，咳了幾聲，「不、不是。」

「還是你開始捨不得我了？」慕容馥眨了一隻眼睛，笑得更邪惡。

「才、才……」岳方想說不是，可又不是本心。可要說是……他又沒那臉皮。

雖然被迫過了十幾年皮肉生涯，但他一直堅持一種漠然出塵的態度。卿王爺就是喜歡他那種被迫不得不屈服的哀傷，才會寵他那麼多年。

骨子裡，他還是個很清純的……美青年。

高壓強迫他，他還知道用漠然無視去面對。可馥親王總是那麼直率，直率得簡直是粗魯了，他不知道怎麼辦。

「……殿下，我先告退去梳洗了。」他面紅耳赤的想逃跑。

「嘿，爺。你還沒回奴的話呢。」慕容馥一把揪住他的袖子。

「殿、殿下……別這樣……」他慌了，「等等雀兒會來收拾碗筷……」

「好吧。」慕容馥鬆手，他才鬆了一口氣，沒想到又聽到她又媚又促狹的一句，

「那爺快去快回，奴等你呢。」

「不、不敢……」他轉身就跑，差點跌一跤，跑到門口，他才想到不對，嚴肅著面容，可惜通紅的臉洩漏了他的情緒，「殿、殿下……這種……這種稱呼，不、不可再有！亂了上下了，不可！」

「爺，你說什麼稱呼？」慕容馥拋了個媚眼給他。

他立刻跑了。都跑出去好遠了，還聽得到慕容馥放聲大笑的聲音。

*　*　*

馥親王大致上是個簡樸的親王……和其他皇室貴裔比起來。

她唯一最奢華的地方大概是浴室了。為了他，還特別改建了浴室，分隔兩池，因為她也察覺了岳方隱隱的潔癖。

躺在屬於自己的那方浴池，岳方非常發愁，臉孔的燒燙一直褪不去。

這個壞心眼的親王啊……總是以他的困窘為樂。

奇怪。卿王爺也很喜歡激怒他、折磨他。可是他只覺得非常厭煩。但是馥親王……他只覺得困窘、不好意思，羞愧得要死。

大吸一口氣，他逃避似的沉進浴池裡。

他喜歡水。

以前在男館天天挨打挨餓的時候，他都會凝視著男館閣樓外的永定河（註❶）。年年治理，時時潰堤。但平常的時候，河水非常溫柔，商商湯湯的流淌著，讓他想起已經很模糊的家鄉。

但讓他那麼喜歡的永定河，在他八歲的時候，差點淹沒了男館，還捲走一個對他非常壞的教習。

水，那麼溫柔可親，可必要的時候，卻是那麼暴躁瘋狂。

但他願意再瘋狂點、暴躁點。最好淹沒整個男館，最好連他一起淹死。就不會再挨打挨餓，不再被些奇怪的人亂摸，也不會痛了。

他坐在閣樓，一點都不害怕，望著狂亂滔天的永定河。

終究他還是沒有淹死。後來他進了卿王府，離永定河很遠很遠。

再後來，他看到了執掌刑部的小公主，知道了她被稱為「鐵觀音」。

於是，他覺得，那個小公主，就是永定河，就是水。平時溫柔可親，被激怒時暴躁瘋狂，洗清一切罪孽。

知道她之所以被稱為「鐵觀音」，是因為這個不愛金銀珠寶的刑部提督，只喝一種茶，就是鐵觀音。當然也被暗諷她油鹽不進，像是鐵打的神像。

從那時候起，他也只喝鐵觀音。

竄出水面，大咳了好幾聲，他揉了揉發紅的眼睛，喘了一會兒。

搞不懂自己在想什麼。什麼樣的瘋話沒聽過，為什麼現在能羞成這樣？他暗暗的罵自己。

在泡暈之前，他悶悶的爬起來，穿戴整齊，拒絕了雀兒的好意，自己慢慢的擦頭髮。

「你為什麼不聽我的？」雀兒幽怨的說，「親王現在這麼喜歡你……你就該多討點賞賜，不然將來我們怎麼辦？」

岳方有些不自在的挪了挪椅子，「……雀兒姑娘，請自重。」

「你怎麼可以……你明明答應我……」雀兒急了。

「雀兒姑娘！」岳方冷下了臉，「我沒答應妳任何事情！」

註❶：永定河是虛擬的。簡單說，是我瞎掰的……

雀兒更急，露出兇狠的眼神，「你不要忘記了，若不是我冒著風險讓你進親王的房間，讓你有機會服侍親王……你能得到親王的寵幸嗎？難道我還不配嫁給你？」

岳方的臉色更冷，「雀兒姑娘，是妳假說親王召見，等我進了房間又意圖……我拒絕了妳，妳記得嗎？」

她當然記得。岳方說，「殘敗之人，不堪為雀兒姑娘之侶，請住手。」但她喜歡岳方很久很久了……她服侍馥親王最大的希望就是能去卿王府，見到岳方。

今年她都二十了，早該嫁出去。可她就是忘不掉那個如月如玉、飄然出塵的人，誰也看不上眼。好不容易得到這個機會，好不容易親王允了五年之約……

為什麼就差最後一步，岳方要跟她倔？

「我不嫌棄你，我一點都不會嫌棄你啊。」雀兒放下身段哀求，「你聽我的，聽我的好不好？我們會有好日子過……我都是為你好，你不懂嗎？我肯等你的！」

頭髮還沒乾，但岳方站了起來，臉孔繃得緊緊的，「雀兒姑娘，請自重。」他心煩起來，但依舊有絲不忍，語重心長的說，「雀兒姑娘，馥王府單純，殿下也仁善。但我要勸妳，不要時時想著積攢金銀。該妳的，妳得。不該妳的，莫伸手。」

他讓開雀兒，快步走出浴室，雀兒追了幾步沒追上，在後面哭得非常可憐。

岳方的心情變得非常惡劣。之前對雀兒的糾纏，他都隱忍不發。就算是奴籍，雀兒也是清白女兒家，傳出去，真不要想嫁好人家了。

但在卿王府歷練過度的他，也知道再瞞下去人家不見得領情，反而被反咬一口比較可能。

他被咬得多了。

終究他還是下定決心，向馥親王坦白。

「奴還在想，爺什麼時候要跟我講哩。」馥親王懶洋洋的笑，不以為意，「不過還不錯，爺知道跟奴坦白。」

「……不要這樣叫。」心情已經很惡劣的岳方，更是雪上加霜。

「爺說說看，不要怎樣叫？」她挑了挑眉，笑得一臉壞樣。

「殿下，不要再這樣叫了！」他越發羞怒難當，揚高了聲線。

「嘖，爺生氣了呢……奴好害怕……」慕容馥笑得越發沒心沒肺。

岳方非常生氣，非常生氣。不要自稱「奴」。那是勾欄歡場的婊子才這樣自稱。我也不是「爺」。我是專供爺兒們玩弄的玩物。

「不要叫！不要叫！」他衝著慕容馥吼。

看她張口，他怒氣勃發，第一次非常攻擊性的吻了她，一時重心不穩，兩個人一起倒在地上。慕容馥悶哼一聲，不知道後腦勺有沒有起個包。

「爺……」她皺眉摸著後腦勺，卻沒辦法說出第二個字，讓岳方差點咬破嘴皮的狠狠蹂躪了一遍。

「不要叫，不要這樣叫……」他的眼淚潸然的落在她臉上，「殿下，妳不要這樣……別這樣……」

妳是……狂濤翻天的永定河，是傲然九天之上的凰鳥。妳不該屈從，不該那樣賤稱自己。

頭回出現攻擊性的岳方，一發不可收拾。就地正法就算了，還生生撕了她的中衣。

那可是很牢靠的料子啊。

這個結果在她意料之內，也在意料之外。她承認自己是有些壞心眼，可岳方一直這樣溫吞吞的陰柔，讓她挺擔心的。男人沒有一點攻擊性，將來討個悍妻，岳方這輩子就完蛋第二次了。

沒想到她半開玩笑的暱稱，能引起他的火氣……更沒想到的是，這火氣似乎有些燒過頭。

她真的很想解釋，或者乾脆低頭道歉算了。可她才發出第一個字，就會招來「愛的懲罰」，而且這一懲罰就是半個時辰……

從半刻鐘到半個時辰。這個進步幅度真是……

最重要的是，地板不但很硬，而且很涼。在上面死磕……我的腰啊……

男人的潛力果然是無限的。

如果學會把她抱到床上去，那就更好了。

「……對不起。」勇於認錯卻有點晚的馥親王上氣不接下氣的說，「我是想激起你的攻擊性……不是故意欺負你。男人沒點攻擊性，會被老婆欺負的。我又不能插手你的家事，可看你吃苦……我也不好受……」

岳方愧疚又黯然的抱著慕容馥，下意識的撫著她的背。顫著唇，愣愣看著她破皮的嘴唇，自責的想死。

「……我不娶妻。」掙扎了好一會兒，他低聲說，「或許賃個妾……生個孩子傳宗接代，就遣送她回去……」

「賃妾？」慕容馥偏離主題的感興趣，「你是說租？妾也可以租嗎？」

「呃……可以。時間通常是兩年到五年……民間嫁妝甚重，孤苦無靠的良家女往往賃人做妾後，才有嫁妝足以嫁人……」（註❷）

問了半天，慕容馥滿足了她的求知欲。她奇怪起來，「為什麼不聘個正頭夫妻，你會想這什麼歪點子？」

岳方怔怔的看著她，我能娶誰？當臂彎棲過凰鳥……又怎麼能夠……

他眨了眨眼，深深吸口氣，將眼淚逼回去。「如殿下說的，要找個能夠……容我這般……無男子氣的女子實在艱難。何必兩敗俱傷……」

咬著脣沉默了一會兒，「……殿下，我不姓岳。」

「我以前就覺得你的名字……不像是館子出身的。」慕容馥點點頭。

「……我在館子裡，叫做『月芳』。」岳方咽了咽口水，「我求王爺讓我改名。」他的聲音越來越小，「我出身琅琊王氏支族……可我們這支，數代單傳……不能斷在我手上……我不能忘記我是男人，絕對不能忘……」

慕容馥睜大了眼睛，看著蓄滿了淚沒落下了的岳方。「……你還記得？」

琅琊王氏，世族之一。雖然近年已經衰落，即使是支族子弟，又怎麼會淪落到這種地步？

「我、我那時……五歲吧。已經學會了上千個字。我記得……爹娘相繼因病過世，一個不太熟的叔叔帶我搭了很久的馬車……賣到男館裡。我不敢忘記……忘記就找不到回家的路了。一遍遍的寫著自己的名字、爹娘的名字，家鄉的名字……」

他顫著脣，望著慕容馥，「殿下，我家在蜀。平樂，白沫江。就在白沫江畔。」

積攢太久的淚，終於沒有攔住，還是落了下來。每一滴都那麼沉重。

「我、我……我沒臉回去。但我們家……我們家不能到此斷絕。我、我……我不配有妻……也不要有妻……」抓著慕容馥的衣服，他不斷吞聲。

「你哭吧。大聲的哭出來，不用忍著。」慕容馥把他攬進懷裡，「不要就不要，愛怎樣就怎樣。喂，岳方。若是我生了第二個孩子，就姓你的姓，給你吧。你也不要住太遠，偶爾也讓我去偷偷看一看……」

註❷：賃妾是宋朝風俗，被我拿來亂用了……別跟我認真。

「……殿下！」他嚇了一跳，「不可！怎可使您骨肉分離……」

「你傻啊？生孩子是為什麼？還不就是為了讓他們幸福？」慕容馥撫著他越發烏黑亮麗的頭髮，「我會帶孩子去給你看，你也讓我看看那個孩子。我想有你這樣好的父親，他一定也會很幸福的。我會照顧你們的，放心好了。」

岳方搖頭，不斷搖頭。哭倒在慕容馥的懷裡。把多年的鄉愁和思念，痛苦和不甘，一起哭到斷腸。

我真沒用，真沒用。成了這樣污穢的人，得賴馥親王的憐憫，才能夠好好的活下來。我這樣的人……這樣的人……真不如死了的好。

「岳方啊，我是個自私的人。」撫著他的頭髮，慕容馥用如在夢中的聲音輕訴，「才讓你陪我坐五年的牢。以後呢，就是孩子陪我坐牢……我就是這麼自私。但若有另一個孩子，可以幸福自由的長大……那只會是因為你啊。

你看我這樣的人會隨便託付嗎？因為是你，孩子的爹，我才會放心啊……」

「不要說了，殿下……求求妳不要說了……求求妳……」他哀懇著，尋著慕容馥的唇，想把冰冷的事實趕得遠遠的。

十指交扣，親密到沒有一點距離。他的汗和淚撒在慕容馥的臉上，玉白滲霞暈的臉龐，有著認真又痛苦的猙獰，狂熱著注視著慕容馥迷離動情的容顏。感覺到她纏了上來，發出苦悶的聲音，不自覺的迎合。

他更沉更深的侵略進去，看著心目中高高在上的凰鳥，顫抖著雌伏。半側著臉，雪白的頸項在昏暗中顯得特別晶瑩。

動情已極的岳方，忍不住咬了下去。慕容馥痛呼一聲，卻婉轉呻吟起來，抖得更厲害，像是全身都失了力氣。

把人拖到很深很深的深淵，想乾脆溺死。

湊近她的耳畔，有些著魔的岳方低語，「……奴，爺疼妳。」

慕容馥哀鳴一聲，四肢都纏了上來。

一夜狂亂，天亮兩個人都不好意思看對方。讓岳方有些好笑的是，馥親王羞得比他厲害一點。

一整天，她都有些失神。差點踩不上馬蹬，拿著筆只顧著發愣，墨滴得一紙墨跡斑斑。靠近她一些，她就臉孔漲紅，故作鎮定。

這時候才注意到，氣勢很驚人的馥親王，其實還比他矮半個頭，病弱而臉色蒼白。不太應該的……有些憐惜。

她說，她在坐牢。錦衣玉食，卻充滿心機算計，無比寂寞的牢。她說，一個人的時候，數著水漏過日子。

我想保護她。岳方被自己這個念頭嚇了一大跳，卻又想到昨晚在她耳邊的細語……和她狂亂的回應。

他覺得喉頭有些發乾，也發起呆來。

拿著筆發呆的慕容馥想。真可惡。可惡。

她偷偷摸著脖子被咬過的地方，隱隱的痛，卻讓她呼吸急促，下腹發軟。

靠北！

老娘這樣英明神武，居然會是……會是……

會是他媽的女王受！

這是什麼爛事實……為什麼會被個美受推倒還欺壓啊？更可惡的是，為什麼我會起這麼大的反應……

他媽的老娘不能接受啊！

不行不行，這場子一定要找回來……一定是聽到岳方淒慘無比的身世，他娘的母性發作了……一定是這樣的。

奴，爺疼妳。

但一想到這句，她好不容易聚起來的氣勢又散了個精光。

這算不算是作繭自縛呢……？她深深的懊悔了。

但慕容馥為了身體還不太好的岳方制定了七天一次的週期，這場子要找還得等段時間。

在那之前，她迅雷不及掩耳的將雀兒遣返回家待嫁。雀兒昏了過去，卻被她令人扛回家，賞賜了金銀嫁妝，卻不讓她再進王府。

岳方吃驚了，但慕容馥只淡淡的說，「她已有貳心，我既然不想殺人，就只好讓她離去。總不能等她挾怨報復，成了誰的眼睛。」

他默然。皇室的生活，從來不簡單。

「只是，這樣內總管的位置就空出來了……」慕容馥皺眉。雀兒不但是她的貼身侍女，還是掌管她衣飾、私帳、出門用度的內總管。馥王府雖然人口不多，但也有百餘人。名下產業更是眾多。管家是帝母送給她的，專門負責管理對外，對內只聽她差遣。府內的林林總總，還是內總管雀兒在管的。

這些年，她也撈得不少了。

「……我，可以試試看嗎？」岳方小心翼翼的問。

「你？」慕容馥微吃一驚，「繁瑣得很，你想管？」

「我……不能一輩子什麼都不會呀。」他垂下眼簾，「出府後……琴棋書畫……能換飯吃麼？」

慕容馥想了想，「行，印信和鎖匙。」她推了過去，「不懂的問我吧。」

她其實沒安什麼好心。終究還是要試探、窺看。其實，她有些喜歡岳方了。但這樣不好。萬一不值得，那就非常慘。

所以這就是第一道考驗。他是想撈個腦滿腸肥，還是想真心做事呢？她絕對不是色令智昏的白癡。

讓她意外又不意外的，他真的接起內總管的職務，雖然有些笨拙和狼狽。

馥王府的親王是女子，雖然主子只有她一個，但伺候的人眾多，分工非常細膩。而分管各部的通常是媳婦和婆子，至於男僕，通常歸管家轄治。

而這些管家娘子覬覦內總管的位置已久，只是雀兒霸著不放。好不容易雀兒遣嫁了，卻沒等她們爭出個結果，居然空降了一個面首。

一個極好看，吃軟飯的小白臉。

輕蔑、調戲的目光咄咄逼人，管家娘子們低低的笑，竊竊私語。

岳方要花很大的力氣，才能把表情控制好，勉強自己抬頭逼視。

將養了幾個月，他原本因為營養不良而枯黃的髮絲又回到烏黑柔亮，只攢總在頭頂，其餘都散了下來。雖然他很堅持自己男子的身分，但多年耳濡目染下的審美觀，還是沒讓他習慣綰髻或頭巾。

面若雪玉，雙瞳若深邃寒潭，衣袍寬大，柔若不勝衣，恐乘風飛去。幾許閒愁，靜如處子。雖然陰柔略褪，還是有幾分怯怯。

「嗯。」他翻了翻花名冊，「馥親王令我為內總管，吾名為岳方。請各位娘子自報姓名、職務。」

根本沒有人理他，只是吃吃的笑，還有人朝他拋媚眼，非常輕薄。

他握緊了花名冊，冷冷的一個個看過去。他的眼神很冷，冷得讓人發寒。那是看過生死的眼睛，讓他柔怯的姿態褪了個乾淨，逼出一種迥異於馥親王，卻又有些相似的殺氣。

他可是在宛如煉獄的卿王府爬出來的幽魂，生死了多少次。

「掌家法的吳娘子何在？」他悅耳的聲音如此冰寒，讓吳娘子一個激靈，顫顫的出列。

「妳，身為掌法者，卻知法犯法。」岳方指著她，語氣很平淡，「去管家那兒領三鞭，回來聽用。」

「岳、岳公子饒命！」吳娘子立刻跪了下來，大聲哭喊，「奴婢只是不敢先出列，還有那麼多有頭有臉的管家娘子……奴婢不好亂了尊卑！」

「六鞭。」岳方微微一笑，「討饒一次，疊三鞭。領完罰，我還需要妳這掌法娘子來整治……還是妳要我乾脆的換人呢？」

吳娘子抖了好一會兒的嘴唇，看著旁邊蠢蠢欲動的其他娘子。她這權位威重肥水厚，若挨三鞭可以換得來，不知道有多少小蹄子搶著要。

她哆嗦著磕頭謝恩，顫顫的跑去找管家領罰。

隔著院子，還聽得到吳娘子的慘叫，管家娘子們的心底一陣陣發寒。

一個婆子諂笑的上前，「岳公子，老身王嬤嬤……」

「急什麼？」岳方溫笑，「候掌法娘子回來再說。現在說……不嫌遲了麼？」

等新上任的貼身侍女藍兒一五一十的報告時，撐著下巴的慕容馥瞪大了眼睛，完全沒發現自己鼻端沾著墨。

「唔，真看不出來。唔，好得很。」她露出有趣的眼神，「咦？沒想到他骨子裡還有這樣殺伐決斷。好得很，非常好……」

她覺得，這次真賭到大寶了。

抱著雙臂，岳方在東廂房的牆上靠著，想要盡力壓抑住顫抖。

但沒什麼用處，越抖越厲害，連牙齒都開始打顫。

剛剛他使盡全身力氣，才打服了一票管家娘子。但事情一過去，一種深沉的恐懼夾雜著絲微興奮，卻讓他抖個不停。

其實，他害怕人。害怕男人，更害怕女人。

人，就喜歡在別人身上製造傷害，心靈或肉體，有時候是雙重。

蹲了下來，依舊抱著自己，緊緊咬著牙，等劇烈的顫抖過去。以前他只會躲避、退讓，直到退無可退，讓無可讓。這是第一次，他試著逼上去，一步不退。

他不要當個沒用的人。

最少……要對馥親王有用。

他和馥親王，只有五年之約。五年之後，他就得離開馥親王……或許還有他的孩子。這比什麼都讓他覺得空虛、害怕。

曾經那麼渴望自由，可現在……卻害怕自由了。

如果我會些什麼呢？比方管家？當然，不一定是馥王府……也輪不到他。可若是馥王府產業下的一個莊子，一個鋪子？那他就不會離馥親王太遠，而且……也能為她做些什麼。

深深吸了幾口氣，他覺得顫抖比較退了。轉頭抵在牆上，喃喃自語著，「不要害怕……她們不可怕。那些眼神也沒什麼……不要緊，不要緊。我叫王繁，我爹是王世倫，我娘馮氏，閨名其華。我祖籍琅琊，我的家在……」

他又急又快的念了好幾遍，呼吸漸漸平緩，顫抖也停了。

可以的。我可以的。我……不是沒用的人。

即使有些慌張，有些笨拙，但岳方真的管下來了。甚至還能騰時間陪馥親王騎馬射箭。謄稿則是晚上才挑燈夜戰。

冷眼旁觀的慕容馥，有些感動。

原本她沒什麼期待，想著這樣一個摧毀得差不多的美人兒做個富家閒人也就算對得起他了……也不覺得他能做些什麼。但岳方讓她意外，很意外。他現在馬騎得不錯了，弓箭準頭也大大提升，甚至還想學怎麼駕馬車。

他當這個內總管，起早貪黑的，有什麼不懂，就跑去問管家，不然就問她。態度非常認真。

甚至很細緻的，將帳和錢分開來。管帳不管錢，管錢不管帳，相互制衡，倒是革除了上下其手的弊病，一下子帳面寬裕不少。

所謂天助自助者，他這樣認真，也讓慕容馥認真起來，很仔細的點出他太苛求的弊病，「水至清則無魚，懂不？有些小弊不要去抓，睜隻眼閉隻眼。但要精細點，不要讓他們唬了。雞子兒再怎麼貴，也不會一兩銀子一個。你要學著查時價……」

岳方若有所悟的點頭，「我讓相互不對付的管家娘子去查價，多找幾個。」

「對了，就這樣。」慕容馥笑了，「帝王心術……簡單講就是管理學。家、國、天下，其實只是組織大小，管理的道理卻是原理相似……」

他默默的聽，偶爾還記幾行筆記。遲疑了一會兒，「殿下……妳，真的不覺得可惜麼？」

最少他是惋惜的。見微知著，馥親王胸中大有丘壑，當是問鼎天下的王者。

仔細想了一會兒，慕容馥嘆了口氣，「其實，我不排斥登上那位置。我想應該很有趣……女帝在位，其實是很有意思的事情。我想若能綿延五代女帝，應該可以大大衝撞這個已經開始僵化的社會制度。

到時候就沒有什麼性別之分，而是強者為上。或許禮法會混亂一陣子，男子三妻四妾，女子三夫四面首，會變得很亂卻很普遍。但這樣的混亂說不定會漸漸平衡，出現女大臣、甚至是女宰相。最少會釋放原本關在後宅虛耗的一半人力資源。

也說不定，結束這樣的禮法混亂後，能夠誕生出一夫一妻制的合理社會，社會也會更強健、合理。合理強健的社會，加上健全的司法制度，愛惜人命，就會漸漸促進工藝、農業發展……」

她露出神往的神情，「如果能夠成為促進這一切的女帝，我覺得滿榮耀的。」

岳方為了她描繪的遠景愣了一會兒，眼睛發亮，大膽的說，「現在也還……」

「可我墜馬了。」慕容馥打斷他，「女帝不能五體不全。我想帝母跟我想得也差不多，所以才立長姊當皇太女。長姊雖然各方面不突出，但卻是守成之君。再說，她愛色，不會讓人奪了合法愛色的權力。不想晚年被反噬，她就算登基，也會再立皇太女……所以也不用太擔心。」

「……妳甘願麼？」岳方的神色黯淡下來。

「甘願啊。」慕容馥神色如常，「想要命，就要甘願。」

岳方握著她冰冷的手，默默無語。

但大燕朝的黨爭，卻越演越烈。

在馥親王全面退出朝堂之上，立皇太女之後，不但沒有平息立儲的爭議，反而越來越熾熱。

皇太女乃是皇長女，比起暴躁光燦的馥親王，她實在黯淡不起眼。論聰明智慧，不如以才學著稱的七皇女文濤公主，論武勇，不如六皇女朝陽公主。論身分，也不如號稱文武雙全的二皇子卿王。

好色貪花、庸庸無為的皇太女看似岌岌可危。

而這些皇女皇子各有一票臣子擁護，或有私心，或為公義，漸漸演變成互相傾軋，黨爭越烈的的狀況。

可翼帝不動聲色的俯瞰著，誰也不知道她在想什麼。

而馥親王往日的同僚部屬，有些頂不住壓力了，各方都要求他們表態，只好來尋馥親王討教。

「你們是大燕的臣子，食君之祿。」馥親王很不耐煩，「你們就是皇帝那一邊的，哪還有其他邊？」

「可是……」

「笨蛋。」馥親王氣了，「哪邊都不要摻和！皇族家事，幾時輪到你們管了？當好你們的孤臣、直臣就對了！雖然可能最後降官流放，最少不會沒腦袋！」

這些大臣面面相覷，將信將疑的回去按兵不動。結果沒幾個月，翼帝發作了親皇太女的一票大臣，當中還有人真的掉腦袋的，才讓這些大臣心服口服。

但要再去請教，馥親王乾脆就閉門謝客。

「那不關咱們的事情，還不如出去玩。」催著岳方換衣服的慕容馥，很感慨的說。

「……可殿下，妳還是提點了他們呢。」岳方溫柔的笑。

「他們還是當當專業人員就好，當什麼官？辦些案子可以，混官場？早著咧。」慕容馥嗤之以鼻。

受不了三三兩兩來拜客的大臣們，慕容馥很當機立斷的準備帶岳方出門去。他們打扮成一對小夫妻。就是那種衣食無缺，口袋有幾個錢，卻沒富到能在京城置產那種文人夫婦。

慕容馥幫岳方把頭髮綰成髻，戴上方巾，襯著書生袍，還真的頗風流倜儻。拿著眉筆對著他的臉發呆，久久不能下筆，雖然知道這張過分美貌的臉孔可能會招禍……她還是擲筆長歎，喚了二十個侍衛暗中保護。

這麼美的臉，她真下不了手弄醜。

「管他的。」她喃喃的說，「反正你早晚要習慣在外頭走。男人又不興帶面紗。」

遲疑了一下，岳方說，「不然……我不去吧？」

「不行。」慕容馥板了臉，拽著他就走。

這日不是集市，但城裡依舊非常熱鬧。雖然名義上是出來送書稿，慕容馥還是挺樂的拉著岳方東遊西逛。第一站就是菜市。

「這兒我熟。」慕容馥咧嘴一笑，「來菜市口監斬好幾次。」

「……」

無言片刻，岳方的注意力很快的被轉移，路上行人熙熙攘攘，菜攤食肆擁擁擠擠、五顏六色。

目眩神迷，恍若隔世。

他才發現，幾乎是從一個院子到另一個院子，一個牢籠到另一個牢籠……從來沒有在外面行走過。

「……好多人。」他有些怯怯的說。

撐著一根樸實無華的木杖，慕容馥微笑的牽住他的手，「夫君，別走丟了。」

岳方稍微用力的回握，臉有點發紅。

天氣很冷，但秋收已過，可能沒多久就要下雪了。趁著天氣好，搶著擺攤，也搶著享受最後秋天的暖陽。

岳方感興趣的地方都很奇怪，米店、菜攤、雜貨店。他問的問題有點呆，但因為他實在長得太好，又不像在府裡都木著臉，一臉溫柔的笑，逗得店主小販也跟著笑，很盡心的回答。

只有慕容馥知道，他在詢價，趁機核實吧……

他在前面問，慕容馥就在後面買。量雖然不多，也皆大歡喜。

「你啊，一定是工作狂。」她哈哈大笑，「哪有人像你這樣？」

「工作狂？」

「容易過勞死的那種……像諸葛孔明啊，工作過度，累死。」

「哪有！」岳方訕訕的，「就順便……」但他的眼神柔和下來，「……豐年呢。

而且沒有穀賤傷農……真是太好了。」

「唔，帝母很注重民生，穀價有下功夫去平抑。不會太高，也不會太低。」慕容馥對他眨眨眼，「觀察力很強喔。」

垂下眼簾，岳方淡淡的笑，有些羞澀的。

慕容馥興致很好的指指點點。她早年常微服出巡，對京城如數家珍。只是後來驟遭大變，她行動不便，身體也敗壞了，就缺了這種興致。

多了很多家新店，也少了幾間。但京城還是京城，依舊如許繁華。

「來春我們還可以出來看牡丹，全城皆狂。熱鬧哩。」慕容馥笑得很歡，眉眼舒展，神情宛如少女。

岳方整個心都柔軟下來，攬著她的肩，免得讓人撞著她，「好。」

等他們走到書肆時，慕容馥已經開始腳痛了，走路越發的跛。她火氣上來，「什麼破身體……」

「到了到了，別生氣。」岳方柔聲安慰，扶著她跨進書肆。

這書肆，是慕容馥的私房。她的私房產業都頗奇怪，書肆、染坊、鐵鋪。據說是為了實現她的奇思怪想才置辦的。

掌櫃是宮裡退下來的老人，見了她就想跪，她不耐煩的揮手，「黃伯，你再搞這套，以後我不來了！」

黃掌櫃笑嘻嘻的將她請進去，瞥見岳方，不禁一怔，瞬間又恢復常態，「主子，怎不騎馬坐車？坐轎也好啊！大半個城，就這麼走過來？」

「嘖，黃伯，你還是這麼舌頭靈便。」慕容馥不太正經的一歪，「鐵觀音……」

「候著呢，就來就來……」他不太確定的看著岳方，驚訝這樣的美貌，心底暗暗推測。王府幾時有這麼美貌的少婦……打扮成男子，更俊俏了。

「岳方。」慕容馥笑了笑，「我的內總管。」

黃伯睜圓了眼睛。

馥親王是他從小看到大的，頗知道她狷介極了，不收面首。而王府的內總管，通常是親王的貼身女官。

可、可是……為什麼這兩人，有股曖昧的氣氛……「月芳」內總管正吹涼著茶盞，湊到馥親王唇邊給她喝，她又把剩下的半盞茶賞給內總管呢……？

兩個女子，牽手搭肩……親密到詭異……

這這這……親王，妳乾脆收面首吧？什麼不好學，學早年宮女互相對食呢……？難道是卿王爺的壞影響嗎？不要啊，馥親王！女人跟女人……是邪魔外道啊邪魔外道！

我、我老黃有生之年，還能看得到馥親王再尚額駙嗎？

這個老守衛黃伯，憂思滿懷，幾次張嘴，卻沒敢勸出口。

＊　＊　＊

果然是秋天最後的餘緒。

自從那次出門以後，沒多久就飄下初雪，漸漸轉成鵝毛大雪，天地一片冰雕玉琢。

看來明年會是豐年了。捧著手爐，慕容馥默默的想。

但她的心情沒有提升多少。入冬以後，過度認真又身體不太結實的岳方病倒了。原本只是傷風，又沒有留心，等延醫來看時，竟是個小傷寒。

重感冒。慕容無聲的說。但若鬧個不好，很容易轉成肺炎的。肺泡一旦受損，就很難痊癒，將來上呼吸道就會很脆弱。

她真想不起來，為什麼她會知道。

慕容馥真的很想過去瞧瞧他，雖然她不知道怎麼照顧人。但是岳方堅拒，一面咳一面懇求她別進屋，怕給她過病氣。

黨爭依舊如火如荼，但她卻心不在焉。比起黨爭，還是岳方的病重要點。

真是個笨蛋，笨蛋。接了內總管沒撈到半毛錢，連收了什麼禮都認真造冊，整個拿給她……反而把自己累病。

笨蛋，笨蛋。

當她半開玩笑詢問的時候，這笨蛋張大眼睛，笑得很苦澀，「……我在卿王府，歷年積攢的賞賜，不可謂之不厚。可我被驅出王府，除了一身血衣，又帶走了些什麼？」

可他神情漸漸清朗溫和，「金銀珠寶積攢再厚有什麼用處？殿下親厚我，比那些都強。王府又不少我吃喝用度，不該我的，為什麼要伸手？」

笨蛋，笨蛋，大笨蛋。

那天從書肆出來，上了黃伯給叫的馬車。岳方很輕很輕的說，「……謝謝。」她懂。就是懂，才覺得心痛。因為她說，「岳方，我的內總管。」而不是介紹是姣童、孌君，或是直白的面首……把他當成一個為她工作的人，而不是以色事人者。

所以她心痛，很心痛。

岳方病倒以後，她的日子又開始變得很漫長，很漫長。等她注意到的時候，她正盯著水漏看，一滴滴的捱時間。

現在就這樣兒，五年之約一到，我真能放走他？慕容馥煩躁的拄杖在屋裡轉。最後還是咬了咬牙。我可不是卿皇兄，說話不算話。

那天她心情相當不好的上床睡覺。或許太煩躁了，久不造訪的怪夢撲了上來，將她吞沒。破碎而沒有連貫的情節、畫面，從幼而長，亂七八糟的洶湧。

最後夢中的「我」，衝到跑滿鋼鐵盒子，名之為汽車的龐大怪物面前，被撞得飛起來。骨骼碎裂，血液外冒，被拖了好遠好遠，一路看著自己的內臟離體……

親人哭泣哀號，母親昏厥……

滔天大罪。

她猛然醒來，全身汗出如漿，不斷的發抖，喉嚨乾得不得了。沒驚動任何人的，她起身喝水，握著杯子想辦法勻稱呼吸。

惡夢而已，沒事沒事……只是這次比較全套……

等顫抖比較緩和，她又爬回去睡。翻來覆去好一會兒，好不容易入眠……又是那車、那瀕死，那母親絕望的哭號和昏厥……

她掙扎著清醒，張大眼睛，一片黑暗中，只聽得到自己的心跳聲，非常劇烈的。抱著枕頭，她無助的坐起來。怎麼又……她還以為自己好了呢。好像岳方與她共眠，她就不再作這種夢了。

原來是他幫我把夢擋開來啊……

抱著枕頭下床，守夜的侍女迷迷糊糊的起身，「殿下？」

「閉嘴。」她焦躁的說，「睡妳的。」

她急切的屐著鞋往外跑，一路跛著急行到東廂，把原本守著岳方的侍女趕出去。聽到動靜，岳方咳了兩聲，掀開床帳，卻看到馥親王淚痕未乾的，抱著枕頭，簌簌發抖的站在他床前。

「……殿下?!」他嚇了一大跳，又狂咳了一陣子，慕容馥上前拍他的背，又倒了溫水給他喝，好不容易緩過氣，「殿下，妳怎麼……快離了去，仔細過了病！」

慕容馥卻抱著他瘦弱的胳臂，小小聲的說，「……爺，奴害怕。」

害怕？馥親王也知道什麼是害怕嗎……？

但緊依著他發抖的馥親王，卻冷得像塊冰。壓抑著咳嗽，他把馥親王塞到棉被裡，發現她臉色很糟糕，很驚恐。

「怎了？殿下告訴我，怎麼了？」他轉開頭咳了幾聲。

「……作惡夢。闔上眼睛就是惡夢……奴害怕。」她整個人纏上來，小小聲的哭。

這時候他才發現，馥親王不是高高在上的皇族、鐵面無私的刑部提督……

她也是個人。

會哭會笑，有血有肉，作了惡夢也會哭著找安慰的人。而且是個病體支離、天冷抱著腳忍疼，還比他矮半個頭的女人。

有些迷糊，非常脆弱，在他懷裡顫抖的小女人。

蒙著嘴咳了兩聲，他硬嚥下去乾燥的喉痛，嘶啞的說，「不哭不哭，殿下，我在這兒……」看她又睏又掙扎著不敢睡，湊到她耳畔很輕很輕的說……

「不怕。奴，爺疼妳。」

她的顫抖漸漸放鬆，闔上眼睛，睡了過去。

這夜，惡夢沒再造訪過。

天亮以後，岳方更憔悴了些，咳得厲害。

昨夜慕容馥倉皇奔來，身體冷得像冰，他抱著幫她暖過來，可他原本就病得很了，又著了涼，更是咳得不能安枕。慕容馥沒有怎麼樣，他倒是病得越發沉重。

慕容馥難受起來，岳方在咳嗽的間隔中，還嘶啞著嗓子安慰她。

但她真的讓惡夢嚇破膽……以前這麼全套的惡夢，也不過是兩三年一次，可昨夜卻連連不能掙脫。說什麼她也不回房，反而在岳方床頭端茶倒水，甚至親手做冰糖燉梨，怕他咳得太苦。

晚上還是歇在東廂。岳方怕過病氣給她，都背著她睡。慕容馥卻把臉貼在他的背上，聽他的心跳，和劇烈的咳嗽。

真的惡夢就沒找上來了。

但沒兩天，慕容馥被迫出門……翼帝召她晉見。

「……這樣大雪天，殿下的腳……又特別疼。」岳方憔悴的從枕上抬起頭。

「沒什麼，我知道是怎麼回事。」慕容馥淡淡的，「我吩咐廚房燉了梨，記得吃。」

「殿下……多穿些。」岳方有些擔心的說，又咳了幾聲。

慕容馥笑著應了，卻到夕陽偏西才歸來。面罩寒霜，暴躁的脾氣幾乎壓不住，非常陰沉。

但她還是忍著，進了東廂，看著熟睡的岳方好一會兒，氣漸漸的平了，反而成了蕭索。她輕手輕腳的走回房間盥洗，吩咐服侍岳方的侍女，待他醒了就來報。

然後回房盥洗，把手烘暖。望著水漏發呆，窗外簌簌的落雪，平添清涼寂冷。

待到過了飯時，侍女依舊沒有來報。原本平息下去的怒氣，又緩緩湧上來，披上狐裘，拿起手爐，她氣勢洶洶的跛行到東廂房，貼身侍女小跑的追，傘幾乎遮不到她。

果然。

走進東廂房，岳方果然醒得炯炯的，老遠就聽到他的咳嗽聲。瞧見她，欣喜中夾雜著擔心，「殿下……才剛回來？怎麼這麼晚？都關宮門好久了……」

「妳叫金墜兒是吧？」她冷著臉問服侍岳方的侍女。

「……是、是。」金墜兒嚇得跪下，「回殿下，是。」

「我令妳什麼？這麼快就忘了？」慕容馥輕喝。

「可、可是……」金墜兒口吃起來，「可、可是，管家大人說……」

「去找他領三鞭！」慕容馥吼了起來，「順便告訴他，這府是本王作主！」

金墜兒連討饒都不敢，嚇得涕淚泗溢，幾乎是用爬的爬出房門。

「……殿下，不要發怒。」一串猛咳後，岳方才勉強出聲，非常啞，「特別不要因為我。」

他什麼都看在眼底，什麼都知道。

而她都已經徹底退到這地步，已經成了廢人，一舉一動還是在帝母的眼皮下。區區一個當管家的家奴，還是可以告她的黑狀。

最可笑的是，帝母相信那家奴遠過於相信她。

我不夠恭順？我不夠退讓？不夠安分？不，都不是。因為我是他媽的備胎。若是皇長姊沒頂住壓力，從那個位置栽下來，帝母就會棄子，從一堆爛蘋果裡頭選個比較不爛的……

比如「馥親王」。

為了當個完美的備胎，所以她要收面首可以，但不能過寵，不能過多，不能耽溺於美色！更不能為了個卑賤的、從皇兄那兒搶來的人，花太多心思，甚至卑躬屈膝的服侍。

帝母還暗示她，岳方身分太卑賤，連鶴君（相當於側妃……側額駙）都別想，頂多封他一個如意君（妾室）。

她的怒火越來越高漲，幾乎要壓抑不住，握著白木杖的指甲都緊得發白。

「殿下！」岳方哀求了。

也。」

她眨了眨眼，用力喘了幾口氣。冷淡的笑了一聲，「天家無親，吾乃天子家奴

雖然早已知道，也比別人想得透澈，可她還是鑽心的痛。

岳方想勸慰她，反而咳了個喘不過氣，眼角含著淚。慕容馥過去拍著他的背，將臉貼在他髮上。

「……爺，其實奴和你一樣。」她的聲音有些哽咽，卻不肯抬起頭。

「不一樣。」岳方疲憊的說，幾乎沒有聲音，「是殿下心軟……才這樣難過。可……在繁的心目中，妳永遠是九天之上翱翔的凰鳥啊……」

慕容馥趴在他身上，很小聲很小聲的啜泣。

岳方的病漸漸的好起來。

其實他會好起來，是因為馥親王原本的陰沉憂鬱一轉晴空萬里，他也跟著神清氣爽，心情好於病體有益，又漸漸習於寒冷，當然也就慢慢好起來。

只是還有些虛弱疲憊，馥親王倔強的不願搬回自己的房間，也讓他擔心。

他其實觀察力很強，敏於細微處，想得又周密。趙管家對馥親王雖然恭敬，卻缺

乏一種熱誠，馥親王對府裡所有的人都很疏離，威重於恩，這都不太尋常。

像是雙方刻意拉開距離。

趙管家對他態度頗有保留，雖然沒有刻意刁難。但府裡的人待他卻比對馥親王有溫度，不管是喜歡還是厭惡……最少是正常的反應。

而馥親王的天性雖然暴躁，卻能忍（雖然常忍得她自己爆青筋），更有一種灑脫的熱情。不然刑部的同僚部屬不會這麼忠誠，她朝內朝外也有許多至交。

這樣冷漠疏離，太不尋常。參照馥親王曾經透露，這些都是「帝母的人」，恐怕帝母還沒徹底放棄馥親王。

但馥親王是個決然的人。該她的她絕對不放棄，不該她的，她也不屑去求。她那天又說，「天家無親，吾乃天子家奴。」……

可見她早就知道這種監視，卻非常厭惡反感這種控制。

以前就隱隱有感覺，現在則更確定。他的存在，會讓帝母想太多，惹來許多麻煩。

但馥親王是想通了還是……？他倒是有些了解這位暴躁親王的睚眥必報。

直到趙管家雪地長跪，他默默的打了個勾。真的犯馥親王者……遠近不論，必誅。

馥親王笑得無比得意，心滿意足的走上前來，在岳方的臉頰上打了幾個響響的親吻，笑得在他身上滾。

「……殿下，得饒人處且饒人……趙管家……好歹是聖上龍潛時的家人。」岳方低低的勸。

不勸還好，這一勸馥親王乾脆含了他的耳垂吮吻。

「殿下！」他又窘又慌的躲，「不要……別這樣……」忍不住咳了幾聲，馥親王才饒了他，笑嘻嘻的。「誰讓你不明就裡就求情呢？再犯就這麼罰！」

她一昂首，「本王豈是挾怨報復的人？相反的，我還以德報怨呢，趙管家是謝恩來著的。」

趙管家是翼帝還在當皇太女時，別莊的管家，替她賣命了一輩子。翼帝也很看重這個能幹的老家人，特別開恩讓他的子女都除了奴籍，他的長子甚至由翼帝親自推舉。

人說宰相門房七品官，何況是天子家奴？趙家長子一路順風順水，居然官居安北知府。

這位趙知府倒是有幾分才學，但只有一點不好，過於貪婪吝刻，又特別瞧不起武人。偏偏安北正當邊境，駐有一隻北駝軍，北駝將軍樊和帶軍是一把好手，但不太懂做官，禮送得太薄，以至於徵糧徵得一肚子火氣，只能寫信來跟馥親王訴苦。

馥親王與樊和相識於督軍之戰，彼此都很激賞。很不會做官的猛將樊和，在朝只有她一個親友，只能朝她告狀。雖然說馥親王跟趙管家一直很不對付，但想到趙知府是天子家奴，真捅出什麼婁子，帝母的面子也難看。

就暗地裡敲打，讓趙知府別把事情做得太絕，手腳乾淨點。趙知府也是個神奇的人，敲打過，就安分一陣子，等風聲過了，照犯不誤，讓馥親王非常煩。

但這些事情，趙管家完全不知道。

「前幾天呢，樊和又寄信來了。」慕容馥笑得很邪惡，「我也決定一勞永逸，不想替趙管家心煩了。」

岳方瞪大眼睛，「那、那個……殿下，這不是、不是讓你們仇越結越深嗎？」

慕容馥又撲上去，在岳方低吟討饒中，狠狠地蹂躪了他的耳垂一把，看他氣快喘不過來才放手。

「不是跟你說，隨便懷疑我，會被懲罰嗎？」慕容馥獰笑著打量岳方。

他悶悶的搗著耳朵，臉紅的要滴血。

這次證據確鑿，樊和非常抱怨和煩惱。走私呢，大家睜隻眼閉隻眼就算了。邊境模糊，這種事情屢禁不絕。交易些民生用品就算了，當作沒看見。

但任期在即的趙知府決心撈一票大的。他走私了上萬斤的生鐵給北蠻子。樊和會急得跳腳，就是事情捅出來，連他都摘不乾淨。畢竟鐵礦巡守也在他的職務範圍內，免不了一個失察。

沒傻不愣登的直接捅上去，是他聽慕容馥的話。人家的靠山是皇帝……害皇帝惱羞成怒，他也不會有好果子吃。可他不報上去，等被其他官兒查到，也是死定。

慕容馥接到信，仰天大笑，寫了個暗摺送去給翼帝。將整件事情詳述一遍，然後說，按律，趙知府當斬。但人斬了生鐵也追不回來，損失也沒人彌補不是？不如悄悄的安個行為不檢的罪名，抄家流放，既填補了損失，也全了「老家人」的顏面。

原本想拿捏她的翼帝，反而被拿捏，噎得吞不進去又吐不出來。只能暗恨趙知府削她面子。這個愛惜羽毛、重視名譽的女帝，不得不照慕容馥的建議去執行，而且把趙管家叫來大罵一頓，氣了個不輕。

她最要臉，結果她的人偏偏給她打臉！

被罵得灰頭土臉的趙管家這才驚聞自己長子幹了啥好事，嚇得差點站不起來。他看翼帝氣得臉孔發青，深恐君王一怒，他的兒就得人頭落地，才跑回來雪地長跪。

「我也不指望趙管家會感恩圖報……」慕容馥挑了挑眉，「但能看他和老東家離心離德……我就爽了。」

說完很亢奮的吟了兩句，「仰天大笑出門去，我輩豈是蓬篙人。」就狂笑著走出去了。

還說不會挾怨報復呢……

扶著額，岳方有些無力的笑了起來。

* * *

慕容馥一記重錘，一鑼三響。

先是把暗地裡自恃老人趾高氣昂的趙管家打了個半殘，又讓翼帝目瞪口呆兼哭笑不得了一把。

最後這事兒暗暗流傳，朝中原本對她虎視眈眈想挑事兒的百官皇族齊齊偃旗息鼓，退避不只三舍。

老虎瘸了，爪牙可鋒利著呢！想死自己去，別帶累人。

事後冷靜下來的翼帝又好氣又好笑的把她叫去罵了一頓，看她一臉皮皮，也毫無辦法。

可惜，真是太可惜。如此心計，如此性格，是她八個子女當中最得意的一個。偏生遭此大災。

為了皇室的安定，總得想個辦法安置她……將來自己若駕崩，新帝絕對駕馭不住她。所以翼帝才會試圖掌控，封她親王之位安撫，並且火速幫她尋了個額駙。

可沒想到，翼帝居然看走了眼，看上一個白眼狼。怕馥親王怕得要死，還敢打她的旗子試圖造反，差點連累了馥親王。

但這也讓翼帝遲疑，沒逼她再嫁。可現在，她卻跟哥哥的男寵打得火熱……妹妹搶哥哥的人，怎麼說都難聽吧？

卿王還來哭訴幾次，讓她挺煩的。兒女這麼大了，還要母親插手家事？但又不能完全置之不理。惹得兩個皇兄妹不睦，是怎樣禍國殃民的尤物？

只沒想到，她這個機智的女兒，曲折婉轉的藉著這件事兒，再次表達了，「不惹我就安分守己、大家歡喜，惹了我絕對讓你欲仙欲死、欲哭無淚。」

連她這貴為皇帝，富有天下的帝母都發頭疼了。

但試圖封那個面首如意君，慕容馥想也沒想就拒絕了，讓翼帝安心不少。沒名沒分，色衰則愛弛。想來女兒也還不糊塗。

慕容馥亮過一次爪牙，日子清靜不少。她很感慨，果然惡人眾人怕，好人是做不得的……很安心的過起她的日子。

趙管家一消停下來，王府就唯我獨尊。至於外面的政爭黨爭吵翻天也不干她的事……不吵她就行。

她和岳方越發親密，同行同止。內總管的事務漸漸上了軌道，不用那麼勞心勞力，時間就多了出來。

或許是前半生待機的時刻太多，現在岳方頗有閒不下來的趨向。慕容馥笑他，卻在開春的時候，把她的私房產業也交到岳方手裡。

岳方說到底，並不是經商的材料。但他觀察力強，能敏銳的察覺到潮流的走向。讓他掌大旗做生意不可能，卻是個出點子給建議的軍師型好手。漸漸的，連慕容馥都詫異起來，既之深深惋惜。

「岳方，雖然比不上鳳雛臥龍，你最少也是個徐庶。」慕容馥嘆氣。

他的臉慢慢紅起來，垂下眼簾，「殿下說什麼呢？前半生以色事人……」洗刷不掉的污點。

「那是環境的錯，社會國家的錯。」慕容馥有些悶悶的，「……咱們約滿，我薦你給皇長姊？」

岳方用力的搖頭。

「呃，你擔心她的名聲？」慕容馥乾笑兩聲，「不會的，我怎麼會推你去火坑？皇長姊雖然聲名狼藉，可很愛才。你這樣的謀士，她只會倒屣相迎，而且不會論你出身……」

「我知道。」岳方微弱的說，「我知道皇太女愛才勝愛色。」他安靜了一會兒，「我終生只願為殿下謀策。」

慕容馥滯了一下，「……我沒什麼可以謀的。」

岳方不說話，只是低著頭。

現在慕容馥已經知道，岳方居然是她的粉絲，讓她啼笑皆非。岳方為她不平、為她惋惜。如果她要問鼎天下，她相信岳方會第一個不怕砍頭的幫她掌大旗。

「我不能。」她嘆氣，「我心不夠狠。我乖乖的臣服，死的人比較少。我若要爭，未必不能……只是死的人會很多很多，許多根本是無辜的……我心真的不夠狠。」

「可是，」岳方抬起頭，眼底蓄著淚光，「天下不會再有我這樣的人。」

慕容馥緩緩張大眼睛。

「《大燕律初稿》〈婦幼法〉篇。」岳方聲音很輕，「殿下，妳不小心雜在書稿裡。」

慕容馥跳起來，一跛一拐的衝到書案，岳方急呼，「殿下！我收起來了！保證沒有人看見……」

找出來遞給她以後，岳方哭了。

不公平，太不公平。如果馥親王成為燕帝，該有多好。像他這樣的人，就不會有了。不會再有小孩子被賣到那種骯髒污穢的地方，不會再有人受到他相同的折磨。

為什麼不是馥親王？

慕容馥抓著稿子，眼神有些茫然。她深深吐出一口氣，胸口還是覺得很悶。

「……就算有這個，也不見得實行。實行以後，也不見得能杜絕……」

「我擅長的不是問鼎天下，帶兵打仗，甚至耕田種地。最重要的是……我心不夠狠。」

她安靜了一會兒，笑著幫岳方擦眼淚。讀書人，就是愛哭。

「但不一定要問鼎天下啊。」她揚了揚手裡的稿子，「三不朽之一，立言。如何？岳方，跟我一起編纂？咱們來編一套最完備的法典。總有一天……總會有那麼一天，會有人接受這份法典……」她語氣很輕很柔，「大部分的孩子，不會遭受到你的厄運。」

這時候的馥親王，真的很耀眼。

「好。」毫不猶豫的。

其實，這是會掉腦袋的事情。私編國家大律，就算是親王也要獲罪，他更不用說。

但是不要緊，真的不要緊。

仰首看著那樣耀眼的馥親王，他一點點都不會後悔。

* * *

半個春天，他們幾乎把所有閒暇的時間都投入了大燕律的編纂中，並且搜刮了歷朝歷代的律法著作。

但一部完備的法典，不是兩個人閉門造車就可以弄出來的。慕容馥雖然野心很大，但也謹慎。她決定要先分門別類，開出粗略的大綱，把精力集中在她最熟悉的刑法和婦幼法上。

所以是初稿。能不能符合民情，其實還需要許多觀察和實踐，並且翻閱資料。

於是，趁著夏日來臨，他們藉稱別莊避暑，去度了一個很長的暑假。

那是一個很複雜的暑假，與一個很複雜的親王。

是充滿墨香與書籍古樸氣味的暑假，是嚴肅的討論，微服踏遍京城附近幾個村鎮體察民情，目的非常崇高的暑假。

但也是拋筆食瓜，在竹席上翻滾纏綿的暑假。是馥親王輕喃著愛語，用蝴蝶羽翼似的輕吻遍他，讓他顫抖低呼，充滿熟蜜似的淫豔氣味的暑假。

上一刻還在爭辯雜犯死囚能不能用銀錢贖命，下一刻馥親王就會跳到他背上撒嬌，說，「奴腳疼，爺背人家……」

明明是去視察水利，卻被馥親王拐去學游水，他從來沒想過，自己也會發出那麼嘹亮的笑聲，會衝動的把朝他潑水的馥親王壓在水裡親吻，更沒想到，會大膽的把手伸到她的衣襟，吻遍她曬成小麥色的、飽滿的嬌軀……

夏日滾燙的陽光下，潭水沁涼，卻沒能熄滅他們滾燙的身軀。

在水裡，有點澀，有點站不穩。但馥親王一臉似泣非泣，摟著他的脖子發出苦悶的聲音時，靠著潭邊的大石，倒也站穩了、發狂似的一次又一次進入她的溫暖……

只是差點爬不上岸。腿軟的馥親王放聲大笑，笑聲在山谷裡迴盪，那樣喜悅。

可他們衣衫不整、全身溼透的時候，讓岳方背著的馥親王，又開始跟他討論養生堂的財源不能僅靠捐助……

越親密，越不了解馥親王。

她是個非常、非常複雜的人。

既關愛百姓，又厭離。明明可以好好的周旋在百官之間，卻又不屑。暴躁衝動，卻又能長久隱忍。

比男人還有氣概，能彎弓馳馬，親自督戰。不畏強權，為民請命。可有時候，比女人還媚、還柔。對他的時候……服侍他的時候……

又強悍，又柔弱。一個活生生、非常完整的……「人」。

每次背她的時候，他都悄悄的希望，永遠不要放她下來。

他願意背她一輩子，願意跟隨著她。願意……為她死。

跟她在一起，前半生的傷痛污穢，漸漸成了灰白的記憶，虛無縹緲，記不起來……也無須記。

反而是短短的幾季，那麼鮮明，充滿生氣，每一刻，都是飽滿的，值得回憶的。

他……終於成為一個有用的人，也能做些什麼。儘管阻止，馥親王還是在初稿上寫上他的名字：「琅琊王氏，王繁。」就添在馥親王的名字後面。

「我不是要害你，」馥親王對他解釋，「初稿我都藏在密格呢，不會被搜出來的。但是這份法典，一定會在未來占一個重要的位置。這是有你一份功勞的，無可抹滅。」

不對。親王……殿下。我從來不怕為妳死。他也參與編纂，怎麼會不知道法典的價值？而是我……我終於，終於能夠堂堂正正一回。

不用羞愧別人知道我的名字。

「……士為知己者死。」他輕輕的回答。

「鬼扯！」馥親王皺眉，「就算出事，我也會保你周全的！」

那一個複雜的暑假，夾雜著嚴肅和冶豔的暑假，終究還是結束了。秋日來臨，他們還是得回到想起就壓抑的馥王府。

上馬車以後，馥親王明顯心情不太好，歪在他肩上不語。岳方環過她的肩，輕輕吻她的頭髮。

「爺，不想回去。」慕容馥悶悶的說。

「奴，爺陪著妳。」岳方溫柔的說。

* * *

時序漸進，朝堂之上黨爭激烈，許多朝官黜落、流放，許多新貴藉機爬上來。皇室幾個兄弟姊妹，想盡辦法表現自己。

可跟靜悄悄的馥王府沒有半點關係。

翼帝召馥親王晉見，淡淡的問，「聽說馥兒最近蒐羅歷朝法典？」

慕容馥懶洋洋的笑，「兒臣向來對刑事有興趣，帝母也是知道的。可刑事一途，關係到方方面面，兒臣閒來無事，就將各朝法典蒐羅來比較優劣。」

「若有所得，我兒就具摺奏來。」翼帝含笑點頭，似無意的問，「據聞王府內總管也隨我兒讀書？」

「內總管岳方，才學兼具，不可以出身論英雄。」慕容馥抬眼看著頗感興趣的帝母，「陛下，別這樣。好不容易有個能為兒臣解悶的人，您別跟我搶了去。您慧眼獨具、不論出身。可殿堂上的老夫子沒這慧眼啊！留著陪兒臣讀書吧。」

翼帝一笑，未置可否。「讀書所得，就由那岳方整理具摺吧。」

回到王府，慕容馥卻沒有發怒，跟岳方說了，微笑著，「危機就是轉機。」

「岳方明白。」他思索了一會兒，粲然展顏，「我知道怎麼做了，殿下放心。」

岳方整理了一份辭藻華美的奏摺，極具傷春悲秋，悲天憫人的氛圍。原本冷厲的刑法初稿，讓他弄得像是長恨歌似的，大綱卻沒有變動。

翼帝讀了，不禁莞爾。雖有才學，不過是個舞文弄墨的柔弱文人，不足為懼。招攬來也只是翰林院的份……翰林院人還不夠多麼？

馥親王自幼就不愛經史，專愛刑律。也罷，她眼前無權無勢，念些感興趣的書，也不至於過閒生事。

再說，裡頭頗有些值得借鏡的地方，極有見地。

翼帝下旨褒獎賞賜，並且讓她奉旨讀書。再有所得，則具摺再奏。

果然，危機就是轉機。大燕律初稿就這樣驚險又不怎麼正道的取得了一個合法位置。

慕容馥和岳方相對大笑，安然過了那個秋天。

＊　＊　＊

秋末冬初，屋裡已經開始用火盆了。

偎著岳方的慕容馥有些惘然的問，「岳方，你哪天生日？記得嗎？」

岳方點點頭，「我出生在冬至。正是萬物枯凋，日最短而夜最長的一日……」他聲音變得很輕很輕，「所以我爹將我取名為『繁』。希望我一生繁盛，什麼都有……」

慕容馥僵了一下。

可岳方語氣輕快起來，「以前，覺得這名字很諷刺。但現在，卻覺得很貼切。現在……我真的什麼都有，不負這個父親親自取的名字……」

慕容馥放鬆了些，把臉埋在他不太強壯的胸膛上。

一年了。岳方到她身邊……一年有餘了。但她卻沒有絲毫動靜。御醫跟她說過，她這是宮寒之症，懷孕的機率……不大。

但她的心態很樂觀。說穿了只是身體不好，要什麼補藥沒有？卯起來治就是了。可這麼一年，她的信心和樂觀漸漸消失。她依稀記得，有的人身體健康，可不管怎麼樣都無法懷孕。所以有不孕症的門診……

可沒人聽過這門診。

原本她想要個孩子，就是不想日日數水漏。她也是人，也有愛與被愛的需求。家庭現有成員中得不到，她當然想要個血脈相連的小東西。

現在，現在。

現在她的渴求比較淡了，但新的煩惱又湧上來。

若她夠自私、夠無恥，她可以命令岳方留下來，不要管什麼五年之約。但就像她自己也很無奈的，她的心，就是不夠狠。

所以生個孩子吧。她不在意姓誰的姓，反正都是她的小孩。能夠延續宗祚，岳方也沒什麼遺憾了……留下他就不那麼勉強。

她承認，她向來是個坦白的人。她喜歡岳方，很喜歡很喜歡。

雖然說，她原本以為，她會比較欣賞武將那種威風凜凜的人。但愛慕她的何進，說到底也是想控制她。但她還是沒有放棄英雄夢，總是相信總會有那種膽量過人，出將入相的人物在什麼地方等待她。

可以說，和岳方完全沾不到邊的那種人。

可惡。我若是男人就好了。就不會捨不得，心腸跟鋼鐵一樣。喜歡就用什麼宗法禮數綁住就對了，不容逃脫。

可她不是那種無恥下流的古代男人。

懷著這種難以言明的憂思，她常常很憂鬱的看著岳方，或者很衝動的撲過去狂吻一陣。岳方讓她鬧得莫名其妙，可怎麼問，她都不說。

直到冬至那一天，她神情鬱鬱的替他繫一條編得五顏六色的帶子，「生日快樂。這是幸運帶……」她亮了亮自己的手腕，也有條花色相同的「幸運帶」。

「謝殿下！」岳方驚喜交集，端詳著編著菱形花格的五彩絲帶，「這是哪來的？沒見過有人賣……」

「我編的。」她嘆了口氣，「等我幫你繫上第五條帶子……五年之約就到了。」她語氣更蕭索，「還剩四年而已。」

得到馥親王親手編織「幸運帶」的狂喜還沒過去，就讓那「四年」澆熄了所有的快樂。

四年。

原本覺得五年很長，沒想到眼一眨，一年飛也似的過去，如此輕易。

「本來我想……」慕容馥還是決定坦白一回。雖然只能擁有他五年，可對她來說，這也是唯一一個，讓她這麼喜歡，喜歡到什麼話都能跟他說，喜歡到想設法把他留下的人。

「可我……我這肚子不爭氣。」她苦笑，「讓你另外賃妾，我怕我會出手殺人。畢竟我脾氣真的不太好……所以……」

但她終究沒能說「所以」如何。因為她第二次被撲倒在地，後腦勺又撞了個包。痛得齜牙咧嘴，迎來的卻是岳方狂風暴雨似的親吻。

咦？

「殿下……殿下……」岳方哭得非常厲害，「請為我一直編帶子……直到我死。

讓我、讓我……一直在妳身邊。」

「可可可是……」慕容馥難得的口吃，「你們家的香火怎麼辦？我不知道能不能……」

「當我死了吧！當我早就死了……」他一面哭一面吻著慕容馥的臉，「親王，殿下……我跟從妳，讓我跟從妳……」

慕容馥躺在地板上，有些啼笑皆非。

我那英雄了得、充滿男子氣概、出將入相的原型情人……再會了，我倆無緣。

真沒想到，真的完全沒想到，我愛的，也愛我的，是個弱弱的美受，而且還哭得很淒慘。

月有陰晴圓缺，世事古難全。唔，好像是「月有陰晴圓缺，此事古難全」……管他的。除了我以外，誰會知道這些怪模怪樣的詩啊？

「你再去愛別人，我剁了你！」慕容馥平靜的威脅。

岳方卻因此破涕而笑。

「當然，我若變心去愛別人，你也剁了我好了。做人要公平嘛。」慕容馥很大方的說，「讓我起來啦……瞧瞧我後腦勺是不是腫起來了。」

岳方這才大夢初醒，一面道歉，一面把她扶到軟榻坐著，小心的揉她腫起來的腫包，眼眶還含著淚。

哈！我慕容馥了得一世，結果放在心底的卻是這樣的文弱花美男。人說男耕女織，若是岳方……男織女耕也行啦。重要的是，風雨共濟，相互扶持。

她腳疼的時候，不是出將入相的原型情人背她，而是身子骨也不太結實的岳方，背她走過長長山路。

「明月幾時有？把酒問青天。不知天上宮闕，今夕是何年。

我欲乘風歸去，唯恐瓊樓玉宇，高處不勝寒。起舞弄清影，何似在人間。

轉朱閣，低綺戶，照無眠。

不應有恨，何事長向別時圓？

人有悲歡離合，月有陰晴圓缺，此事古難全。

但願人長久，千里共嬋娟……」

偎著岳方，她調子不太準的唱了整首歌。岳方緊緊的抓著她的手，閉著眼睛，長長的睫毛還有一滴淚，嘴角卻很甜很甜的沁著一抹笑，異常心滿意足的。

＊　＊　＊

慕容馥的生日在正月初一，也就是新年。

但沒別人想得那麼喜慶，也幾乎不過生日。一來是因為皇家繁文俗禮甚多，這天正是最忙碌的時候。二來，翼帝生她的時候，差點把命丟了，正月初一就見產紅，理論上是不吉祥的。

小時候或許會有期待或失望，可她這麼大了，連年節都不在意，何況是個小小生日。連她自己都快忘了。

但岳方送給她自己畫的一幅畫，羞澀的說，「生日快樂，殿下。」

那是一個女將軍按劍揚首，非常威風凜凜的站在桃花樹下。英武與柔媚毫不衝突的揉合在一起。

上面寫著兩行字：仰天大笑出門去，我輩豈是蓬蒿人。

畫氣勢十足，字寫得龍騰虎躍，一掃岳方過往的拘謹和幽怨，精氣神飽滿。

慕容馥再三讚嘆，暗暗得意自己真是賭到一個大寶。娘是有點娘，受是有點受，但真才華洋溢，堪稱全才。

「這誰？」她心情很好的問，「花木蘭？」

岳方有些鬱悶，「……殿下，那是妳。」

慕容馥大吃一驚，又細看畫中女將軍。唔，眉眼和那副有點痞的表情是像了……

「可我沒這麼美啊？」

「……在繁的心目中，殿下就是這麼美。」岳方低眉順眼的說。

她不禁大樂，又罕有的感到不好意思，「那個，啥的……巧言令色，鮮矣仁。」

「為了殿下，繁當回小人，又何妨？」岳方笑得非常燦爛，害她瞧得有點發暈。

自從剖白心跡後，慕容馥一整個豔陽高照起來。心底最大的一根刺拔了，美人兒哭著喊著要跟她，心甘情願。那啥……不戰而屈人兵，近者悅，遠者來之類的……

總之就是一個爽字。

人，尤其是一個女人，活到這種地步，真是莫大成就，沒啥好計較的了。

至於岳方，那變化就更大了。

像是三十年來都含苞不放，望之若霧中花，水裡月。突然在這三十一歲的壯年，轟然盛放，一掃霧氣水影的孱弱，成了晴空萬里下的向日葵，金黃火焰般，讓他又添了幾條細紋的眉眼梢頭，不見其衰，反而醞釀一種成熟的風韻。

他顯得沉穩，漾著一絲英氣，將慕容馥的私房產業打理得異常興旺。他頗知道自己缺點，心慈意軟、不擅爭利，但卻用超強的觀察力知人善任，還順手整治了慕容馥幾個私人莊子，非常俐落。

太小了，這舞台。慕容馥默默的想。

好歹也是個徐庶型的軍師，在幾個小鋪子、小莊子小打小鬧，太可惜啊太可惜。

她也是頭一回，從死寂的心境，萌發出一絲競爭的欲望。

逐鹿天下死的人太多，咱心軟不能。但她一個封在皇室頂端，僅次於皇太女的親王，早該封地建府，不是在京城當個閒散親王。卿皇兄有封地，卻拒不赴任，哀哀上表，說不捨天倫之樂……真是見鬼、沒出息。

若是她有封地，用跑的也跑到自己封地去折騰。骨幹是大燕律的初稿啊……有實驗和試推的地方了。天高皇帝遠，日子舒心多了……她對自己很有信心，再怎麼貧瘠落後的地方讓她整治，都能變成小京城。

最少治安絕對是大燕第一！再說，她不還有岳方麼？

她抓著一卷《管子》，心情激動得幾乎坐不住。

漸漸冷靜下來，她也知道，要徐徐圖之。這封地，一定要又遠又苦，沒人想要，還有邊患才能讓帝母放心放她去。她很清楚自己只長於刑律，辦案行，其他的頗稀鬆平常。

所以她需要很多人才來填補她的不足。

她漸漸現身於人前，不再像以前一樣嫌煩。只是她總是帶著岳方出門，詩詞歌賦這種挺累人的活兒，就交給岳方幹了，她只需要微笑，暗暗觀察有哪些有才卻不得志的士子。

當然也遇見卿皇兄幾次，看他雙眼都快噴火了，慕容馥依舊意態安閒，禮數周到。岳方也眼觀鼻、鼻觀心，冷淡卻不失禮。

只有回卿皇兄趁醉意圖輕薄，慕容馥匡當一聲，拔出白木杖內的細劍，差點把卿王爺嚇得尿褲子。

「皇兄，」慕容馥的聲音很冷，細劍尖端只離卿王爺的咽喉一寸，「想對我的內總管怎樣？」

主人家硬著頭皮來打圓場，卿王爺醉遁敗退，慕容馥隨手一扔，細劍入杖，又語笑嫣然，好像剛剛那個火烈暴躁的馥親王從來不曾存在過。

待回家時，在馬車裡，慕容馥懶懶的笑問，「怕不？」

「不怕。」岳方回答得很堅定。

「萬一我沒護住，讓你被逮回去怎辦？」慕容馥很壞心的逗他。

「我等殿下三天。」岳方很決然。

「笨蛋！」慕容馥變色了，「三天沒救出來，莫非你不活了？我最討厭什麼貞節烈女，真是拿生命開玩笑！這種念頭你再也不可有了……笨笨笨！一天都不會有！我怎麼可能讓你遭遇什麼危險……」

馥親王破口大罵，岳方卻越笑越甜，像是剛剛喝了一大罐的蜜，連骨頭都透著甜氣。

* * *

那年的冬天，非常寒冷。

初開春，北方運來大量的皮毛，價格殺得很賤。染坊掌櫃歡天喜地的告知岳方，他卻沒什麼歡色，反而凝重的問了很多。

不但如此，他還差人去打聽，心底越發沉重，拎著那堆情報匆匆回府尋慕容馥。

「北蠻子冬天蒙了大雪災……人畜死亡無數，連貴人都凍餓死不少。」

慕容馥的臉都綠了，「……今春邊境必定生事。」

「不會那麼快。」岳方想了想，搖搖頭，「凍死的牲畜還能撐一陣子，又有皮毛可貨。邊境走私已經成了常態，會先亂一陣子……但今夏……」

「不妙。很不妙。」慕容馥蒼白著臉孔低下頭，思忖一會兒，「我要進宮請見。」

「殿下，不要！」岳方按住她的手，「不在其位，不謀其政！」

「我們不知道災害的範圍。」慕容馥擺手，「可看這個毛皮量……太不正常。不管怎樣，都得提點一下帝母。朝臣資訊緩慢、反應遲鈍。敏於內鬥，怯於外鬥。這事兒越早提醒越好……」

她甩手喚人更衣，岳方卻拽著她的袖子不放。「殿下……讓別人呈上去，妳不要……」

「別人不夠力。岳方，別人不懂怎麼當個皇族，但我卻是懂的。這時候，不是計較個人榮辱的時候。」

她一點一點把自己袖子扯回來，安慰岳方，「不要擔心，不會砍頭的。」就匆匆換上衣服，出府去了。

岳方一直送到府門，依舊倚閭甚久，淚盈於睫。

慕容馥這一去，到天黑都沒回來。

岳方心底喀登一聲，整個冷了。宮門已閉，卻不知馥親王是吉是凶。派人去打聽，也沒有消息。他勉強用了晚飯，躺了好一會兒沒辦法闔眼，乾脆去門房枯坐。

他安慰自己，燕朝立國以來，還沒有皇子皇孫推出午門斬首的。但他也更悚然的知道，燕朝頗有些皇孫貴裔「暴病」得不明不白。

一整夜，他連瞌睡都沒打，焦慮的坐著，焦慮的繞室踱步。

天亮了，馥親王還沒回來。

他暗暗的握緊懷裡的小匕首。以前他總覺得，那些殉情的女子非常傻。情愛若朝露，色衰則愛弛，哪值得一死。現在他才明白，有些人是不能失去的。失去了，生命就不再有光采、不再值得活。

不僅是情愛，不僅是恩義。而是因為她，他才活得像個人。也只有她，才平等的將他看成一個人。不在意他的過去，時時溫柔以待，會為他心痛，從來不覺得污穢。

深深吸口氣，他寧定下來。目光朝前的……等。

生要見人，死要見屍。我不急。

等到夕陽偏西的時候，馥親王的車駕才出現在王府之前。但馥親王虛弱的說，連車簾都沒掀，「進府說話，開中門。」

馬車直驅到慕容馥起居的小院子，開了車門，卻沒見到她隨侍的侍女。慕容馥的臉孔白得有些發青，幾次想撐起拐杖都頹然，伸手給岳方，「抱我……我走不了。」

岳方立刻上前橫抱起慕容馥，只覺得她全身輕輕顫抖，讓他的心也跟著揪緊。

等他看到腫脹得幾乎像個饅頭的腳踝，覺得心都擰碎了。

「沒事……沒挨打也沒罰跪。」慕容馥擺手，「有什麼吃的？一天一夜我只喝了杯水。」

「……有米湯。先用一點？」岳方覺得嗓眼塞滿砂石，沙啞了。

「加點鹽，快傳來。」慕容馥疲憊的癱下來，咬牙忍住，讓岳方將幾乎嵌入腫脹腳踝的鞋脫下來。

岳方強忍住，一勺一勺慢慢的餵她喝米湯，只喝了半碗，就搖頭不吃了。岳方沒讓人插手，自己捧了水和布巾，先替她淨了臉，小心翼翼的朝她腫脹的腳踝敷藥酒，眼淚還是滴在她滾燙腫脹的腳踝上。

當初她就是扭斷了腳踝，從此瘸了。但陰雨天就痛，一入冬更是寢食難安。她的身體一直孱弱，其實和這時不時就會騷擾的劇痛有很大的關係。

「別、別。」慕容馥笑著安慰他，「這一哭就膿包了。好不容易才培養出一點男子氣概，掉了眼淚就完蛋。沒事沒事……打也不曾打，只是站了一天……」

「……為什麼？」岳方低吼，手下卻越發輕柔，怕這飽受苦難的腳踝多痛一絲半點。

「……帝母，老了。」慕容馥淡淡的說，「不喜歡聽壞消息。」她擰緊眉，「朝裡那些腐儒也全是白癡居多。北蠻子春水一融就南下打草穀了……結果那些腐儒還囉唆些什麼妄動刀兵不祥，什麼以德服人……我聽得火氣大，沒繃住吵了幾句……才站了那麼一夜。」

「……不打？但怎麼談和……他們來打草穀啊！死的是大燕的百姓！」岳方難得有血性的叫了起來。

慕容馥乾笑兩聲，「難得看你發火……所以我發火也是應該的。結果人家南下搶殺我們百姓，我們這邊還要幫他們賑災呢。講得好聽，還不是花錢買平安……結果也不會平安。說什麼鄰國有難，天朝助之，北蠻子就會感激涕零……我聽他在放屁！

要賑災，不是不行，但不是這樣賑……白當冤大頭。要一手大棒、一手紅蘿蔔……結果那些老頭講不贏我，宰相昏倒了。這一昏……得。我站了一夜。」

「今年若是荒年真會死定……」慕容馥嘆了口氣，說了一個天文數字的糧草，「多貼心，怕他們打草穀糧草不濟，還這麼大一筆……今春雨水少，徵的又都是京城附近的糧……我真不知道該怎麼辦……」

岳方越聽心越揪緊。今春雨水少到接近乾旱，他巡視幾個小莊子已經覺得不妙，幸好田少，幾個之前打的田間井發揮功效，還不會太淒慘。

但幾個老農憂心忡忡，說天時如此不正，跟幾十年前的蝗災頗像。

這個不妙的預感居然成真，那年夏天蝗災大起，之後黃河潰堤。一時之間，朝野焦頭爛額。

至於邊患，靠著幾個猛將還勉強壓下去。事實上也是因為春夏草長，北蠻子得了燕朝糧草，漸復生機，忙著放牧才無暇南犯。

但馥親王的腳到夏天還沒痊癒，忍著痛上摺哀告建議，卻讓惱羞成怒的翼帝下旨責備。

畢竟，皇帝沒人喜歡烏鴉嘴。她提出的「天災若至，蠻飽腹而燕民飢死。」真的成真了。

看她漸漸憔悴，日夜煩惱，岳方真的忍受不了了，抱著慕容馥，他小聲的說，「奴，爺帶妳逃吧……」

天災人禍相互勾結，他敏銳的聞到災難的味道。燕朝這邊鬧水災，大漠那邊卻鬧著燕朝剛鬧過的蝗災。才剛剛恢復生機的北蠻子無以求生，就會南下打草穀。

大燕……除了邊關的小打小鬧，已經七、八十年沒聞到血腥的味道了。而京城……又離大漠太近。皇帝和朝臣，已經失去血性，只想苟安了。

慕容馥把臉埋在他胸膛，勉強笑了幾聲。「……爺，你待奴真好。」

她嘆了口氣，「還不至於此。百足之蟲，死而不僵。大燕的家底還折騰的起……熬得過去的。除非真的很倒楣很倒楣，北蠻子連年災殃……不然不會有事。」她笑得更苦，「我早想要遠封而去，可眼下看起來不是時機。能走其實……也不會走。我……我是馥親王。民脂民膏餵養我，不是讓我逃跑的。倒是你……」

「殿下在哪，我就在哪。」岳方不讓她繼續說下去，「對的，不會那麼倒楣的。」他用臉摩挲著慕容馥的臉頰，「我們，會在一起的。別想遣我走。」

沉默了很久，她才微弱的「嗯」了一聲。

所謂福無雙至，禍不單行。

上天似乎覺得大燕朝過得太順遂，所以把多年的災難一起接踵而至。

長慶十一年，天災兵禍連連，北蠻子已經讓朝野非常吃不消。但當年冬天，剛遭遇蝗災的大漠，又再次遭受雪災。

長慶十二年春，北蠻子理直氣壯的要求大燕朝賑災，不然就要自己取了。朝野騷動，但另一件令人震驚的事情發生了……

封在蜀地永鎮的「天子之劍」楚王，在驅逐西北回紇的入侵時舊傷復發，不幸殞落，燕朝痛失護國軍神。楚王僅有二女，皆已出嫁，楚王三朝戎馬，居然無嗣而絕。

原本欲調派楚王痛擊北蠻的翼帝也猶豫不決。最後接納了宰相的建議，用金錢換平安，先收攏楚王遺留下來的兵馬，免得被有心人所趁。

「昏招。」慕容馥悶悶的說，「挖東牆補西牆。把那些蜀軍調來京城做什麼？蜀中空洞，這是準備棄蜀保京。但東北防務那些將軍將士都是死人不成？置他們於何地？」

岳方嘆了口氣，「……這些將軍們都不太會做官……」

「何進倒是會做官。」慕容馥嘲諷的說，「可他也只會打順風仗。勝驕敗餒，這些大軍到他手上必定完蛋。」

「……據說是跟六公主共同掌理。」

「糊塗！」慕容馥怒了，「一軍雙帥，你見過蛇雙頭而能行嗎？雙頭蛇那是神話！王叔還沒花甲，怎麼就殞落了……」她非常傷心。

多年不見血腥的燕朝，端賴良將邊兵周旋多年。但楚王絕對是箇中翹楚。更重要的是，他出身皇室，皇祖母親口聖言「天子之劍」，是多疑的翼帝唯一信賴的將領。他也不負所望，鎮守蜀地多年，擅長練兵。他的蜀軍每年都在回紇高原春狩秋獵，非常適應高原作戰。他鎮守以來，回紇聞風膽落，稱之「楚屠」。

把適應高原作戰的蜀軍調來京城，扣押所有楚王麾下悍將。這算什麼事情……

慕容馥要寫奏摺再勸，卻被岳方死死攔住，不惜跪地懇求。他明白，但他相信馥親王也明白。翼帝完全失了方寸，越發喜怒無常，疑神疑鬼。這一年發了旱災，牽連數州。雖不至於顆粒無收，卻也大受影響。

而兩次「賑濟」北蠻子，讓燕朝財政大為緊張，居然無法全面賑撫災民，激發幾起民變。被調去敉平民變的蜀軍，因為剋扣軍糧，領將暴虐，反而參與進去。

燕朝自此內憂外患，卻也讓翼帝更不相信掌握軍權的人。

這個節骨眼，馥親王說什麼都會被遷怒。因為她早已經哀告過可能發生的狀況，翼帝根本沒聽她的。

馥親王是明白。但她擁有自己的驕傲和皇族的尊嚴。她一直堅信，民為重，社稷次之，君為輕。既然以民脂民膏、錦衣玉食，就該擔起沉重的責任。

最後她和岳方吵了起來，岳方含淚拔出配劍，雙手奉上。「殿下要為蒼生捨身，繁不敢再勸。請殿下動手，繁先去九泉等候殿下。」

「……你這是幹什麼?!」慕容馥都快氣哭了。

「殿下！您要為天下蒼生捨身，也不要白白犧牲啊！」岳方也帶著哭音說，「聖上不想聽您說任何一個字……」

這下子，慕容馥真的哭了，岳方也淚流滿襟。

岳方知道，慕容馥非常愛民，對百官貴族敷衍，看他們互相陷害殘殺也只冷眼旁觀。可觸動百姓、無辜的人，都會讓她怒火高漲，非爭個死活不可。

他不知道的是，慕容馥自幼受怪夢所擾，卻不見得都是惡夢。在凌亂而片段的夢境中，也有她喜歡的部分。

那是一個很大很大的庭園，稱之公園。平民百姓豐衣足食，能夠假日全家去玩耍。她在夢中是個小女孩，一手牽著父親，一手牽著母親。此世從未體會過的天倫之樂充塞胸中，如此真實。

所以，她對黎庶都抱著一種模糊而惆悵的溫柔。這種情感連她自己也不能明白。照她的話來說，就是對「親情梗」很沒辦法。

她一想到朝野昏招連出，受苦受難的還不是百姓，那麼多家庭，她就受不了。

但她只是個失了聖眷的閒散親王，的確什麼事情都做不到。

可她還是連連寫信給她幾個將軍朋友，殷切囑咐。雖然知道若被查到，馥親王不免有勾結外將的嫌疑，但岳方已經不想阻止她了。

不讓馥親王做些什麼，她真的會狂怒到失去理性。勾結外將的罪名，不一定會發生，就算發生，罪也不會太重。頂多被申斥罰俸罷了。

岳方的重心挪到其他方面。他抓緊時間，在馥王府建造糧倉，幾個私房莊子的糧食一粒也不賣，反過頭來向佃農收購他們的餘糧。事情做得很隱密，也沒引人注目。

他的預感，越來越不好。可以的話，他真寧可背著馥親王逃到南邊去，可她絕對不願意走……

國難當頭。

他多次在燈下檢閱地圖，感覺越來越不妙。威皇帝定都在開封，就是因為取戰略位置，要子孫枕戈待旦，不忘北蠻威脅。

但是現在的大燕，早失了血性，反而成為一戰即可威脅帝都的危地。

圍城，危城。

接連的天災人禍，天子之劍斷裂殞落……難道是天要亡我大燕？

長慶十二年冬，雪災再次降臨大漠。

惡劣的預感終於成真。為了求生存，原本各自為政，互相攻伐的北蠻子終於團結起來，宛如發狂的浪潮，衝擊整個邊境，卻不像以前打了草穀就走。

他們要活，要在南人的城裡過冬。連拔數個城鎮，除了很少數的將領撐了下來，其他人都被打矇了，敗退了。

疾如狂火，品嚐到富裕生活好處的北蠻子，紅著眼睛，看著一觸即潰的燕軍，宛如看到一群羔羊。

而京城，更富麗堂皇的南人京城，像是一顆令人垂涎欲滴的果子，成熟而發著誘惑的香氣，在黃河那岸，對著他們招手。

翼帝緊急召集了四萬大軍，在黃河以北的汲鎮駐紮，意欲將北蠻子阻擋在黃河之北，由六公主和何進共同領軍。

岳方把打聽到的消息告訴慕容馥時，她的臉孔刷的一聲徹底蒼白。這段……她熟，很熟。她看過這段的記錄……類似的記錄。幾乎是原景重現，只有些微不同。

「北宋，靖康。」她喃喃著，「但六妹和何進不會分軍吧？就算分軍，六妹和何進應該不會逃啊……不會的，不會的。」

「……北宋？」岳方奇怪的問。他從來沒聽過這個朝代。

「夢見的……」慕容馥的神情越發難看，「岳方，你搭上了運糧民夫的線對不？」

他點頭。商隊腳伕是最好的探子。不引人注目，卻可以探知一些非常有用的情報。

「你尋著線，交代他們……」她的聲音越來越抖，「萬一六公主和何進分軍了……各領隊伍，你讓他們用最快的速度回報……不，我們馬上去汲縣附近！」

「可、可是……殿下，非君命妳不能離京！」岳方吃驚了。

「你想辦法，讓你想辦法！」慕容馥哀懇，「因為我現在很亂……」她有些顛三倒四的講起北宋靖康之亂。

同樣在汲縣駐紮大軍。但領軍的是個太監，與將軍不合。互相告御狀的結果，皇帝令他們倆分軍，一半在汲縣，一半渡江回黃河以南留守。

但領軍太監卻因為金人前鋒驚嚇，偷偷逃走。群龍無首的大軍最後炸營，成了被幾千騎兵的金軍屠滅的無助羔羊，金軍悍然渡了浮橋過黃河，大破京城開封，擄走兩個皇帝。

「岳方，你想想辦法。」慕容馥不斷發抖，「不該是這樣的……大燕的吏治還行，帝母敏於內政……軍事不懂不是她的錯。我們還不是腐敗的北宋，不該遭此厄運。」

「……我想辦法。」蒼白著臉孔的岳方嚴肅起來，「不要怕，我會想到辦法。」

岳方的確想到辦法了。他花了重金賄賂宰相，藉口希望重獲聖眷，非常謙卑的請求宰相美言，讓馥親王出任押糧官。

這計奏效了。雪雨交加中，慕容馥帶著岳方，朝著汲縣前進。

押著糧草到了汲縣，並沒有見到六公主和何進。是輜重官接收的，很客氣，卻無可奈何。問了又問，輜重官才透露些許，說公主殿下和何進將軍正在大吵，不敢通報。之前有那不曉事的進去通報軍情，已經死過幾個人了。

慘了。勢若水火。

她耐著性子在縣城裡住下，六皇妹還敷衍見了她一面，只說她胸有成竹無須掛心。何進根本不見她，門軍很不客氣的轉述了他主子的話，說不見不遵婦道的女人，鳳子龍孫也一樣。

馥親王倒沒有發火，而是低頭盤算自己的兵力。糧草已交割，護送她回去的也只有兩百人供她差遣。

在大戰中，連個水花都激不起來。

她心事重重的經過便橋過了黃河，才過黃河她就「病」了，暫時駐留在河岸附近的杜家村裡唯一個客棧。

「……殿下，此處非善地……」岳方非常緊張。

「我知道。」慕容馥嘆氣，「但我得親眼看著會如何……那十五車的桐油還在麼？」

「……在。」

她苦笑了一下，「希望用不上吧……」

滯留了五天，原本她心裡略安，想要打消裝病回京城了。卻在第六天早晨，何進打著旗號，帶著亂糟糟的隊伍，渡過黃河。

歷史……總是反覆印證拷貝嗎？

看著便橋上長長的人龍，兵馬雜沓，時時有被擠下河的士兵，落在還有薄冰的河裡，看樣子是活不了了。

好混亂的隊伍……這樣的軍隊，真能打仗？她心底一陣陣發涼。

倉促集合起來的四萬大軍，除了留在汲縣的八千羽林軍和一萬二的京畿衛，何進帶過來的，多半為屯軍，還有一些心懷忿怨的蜀軍。

這兩萬多人的軍隊，像是一頭笨重的怪獸，緩慢蜿蜒的爬過便橋，一邊製造著非戰損，一面向前移動，居然比她押糧還慢。

烏合之眾又逢驕兵傲將。開場就輸了一半。

過了三日，才徹底的走空，長長的便橋上，空寂的冷風呼嘯。

縱馬到橋頭，何進居然沒留半個人看守便橋。慕容馥的心更沉了。她命令護衛軍士將桐油都澆到便橋上，原本帶隊的小將拒絕……但慕容馥把劍橫在他脖子上時，他就很配合了。

浸滿桐油的便橋，堆滿柴薪。她虔誠的祈禱，事態不要變得更糟。

她令兩百軍士立刻回返京城，可小將這次又不配合了，連劍橫在脖子上也不肯。

「殿下您沒跟末將回去，末將也是死！」這個才十六、七歲的小將嚷著。

「你不了解……跟著我，才會死。」慕容馥收劍，神情越發蕭索，「你想想，若兩萬兵馬搶渡便橋……會怎樣？若是北蠻子過了便橋……會怎樣？開封就在不遠處欸……」

「不、不會的！六公主殿下素來武勇……」他結結巴巴的反駁。

可她從來沒有打過仗啊！難道剿滅幾個小山賊就叫做打仗嗎？

毫無辦法的小將卻堅持要護衛慕容馥，陪著她忐忑不安的等待。隨著日子過去，他越來越覺得馥親王只是故弄玄虛。

但是三日後的深夜，隔岸發出驚人的喊聲，這麼遠都聽得到。

炸營了。

滿懷苦澀的慕容馥匆匆穿上戰甲，岳方也穿上了，提著劍。匆匆驅馬趕往便橋頭，有幾個騎著快馬的軍官發狂似的衝過便橋。

隨後趕到的兩百軍士只感覺到心拔涼拔涼的，六神無主的小將甚至放棄的指揮權，聽著慕容馥的命令，逮幾個過橋的軍官問話。

亢奮暴躁的軍官好不容易冷靜下來，說，北蠻子夜襲汲縣，六公主舉火督戰，正在牆頭罵陣，被北蠻子一箭射死，餘威波及後面的副將。在睡夢中被驚動還沒清醒的官兵，聽到「北蠻子一箭射死公主和副將，打進城了。」就譁然炸營，開城門逃生了。

主將不是逃了……是白癡的死了。深夜舉火，自願充靶子，不射妳射誰？

「撤退吧。」慕容馥覺得很疲倦，「都退。很快這裡就要成為戰場了……」而且還是敗戰之場。

黯淡的月光下，隔岸影影綽綽，勉強可以認出馳騁著馬，切菜斬瓜似的北蠻子。驚慌的力量是強大的，這些大燕捍衛京畿的精兵，現在被恐慌壓垮，像是麥子讓北蠻子一群群的收割生命。

便橋擁擠不堪，步兵移動雖慢，但在逃生的本能之下，還是快速擠上便橋。不斷的有人被擠下便橋，發出的慘呼很快就淹沒在寒冷的河水中。

為了活命，每個人都面容猙獰，相互擠推撕打，卻沒有一個回頭對付蠻子。

很快的，他們站的這個土墩子，也會被捲入恐慌的殘敗之軍中。

岳方一直很沉默，此時他抽出油氈箭，點上火，搭上弓弦。卻被慕容馥阻止。

「殿下，我來。」他低聲說。

「我來。」慕容馥的臉孔慘白，卻非常鎮靜。「兩萬條人命……兩萬的兵力，大燕寶貴的家底……我來才行。你放了這火必死無疑，我還會有命在。」

「……我不怕死。」岳方帶著悲聲。

「我怕。」她笑了起來，「爺別扔下奴。」

她朝著便橋射出火箭，將整個箭壺射空。浸滿油的浮橋，被踐踏過還殘存的柴薪，漸漸冒出火苗，轟然燃燒起來。

望著熊熊火光和痛苦哀號的地獄之聲。慕容馥放聲大哭，聲嘶力竭。

慕容馥還是不夠狠、不夠快。所以有幾千敗兵還是過了便橋，撲向何進將軍的大營，也引起炸營了。

炸營是最可怕的事情。就曾有士兵惡夢呼號，引起暴動，整營俱滅的慘劇。現在又是深夜，引起的恐懼更加深重……

應該早一點下手才對。慕容馥又袖子抹去眼淚，沙啞著說，「我們走。」那兩百軍士早嚇得跑光了，她身邊只有岳方。

但他們兩人，還是沒逃過被捲裹入恐懼敗逃的殘兵。為了搶他們的馬，擠在身邊的士兵連拽帶捶，硬把他們扯下來，最後連馬都被拽倒了。

暴民的力量真是可怕。

踉踉蹌蹌的拖著岳方，他們被擠到一個小山坳，岳方雙臂撐著山壁，將慕容馥護在雙臂間，咬緊牙關，偶爾才發出悶哼。

「……岳方。」她眼淚幾乎奪眶而出。

「不要怕，」抵擋著不斷推擠重壓的狂亂殘兵，岳方擠出笑臉，「爺保護奴。」

時間好像很長，又好像很短。震耳欲聾的嚎叫聲中，她緊緊抱住岳方的腰。生命如此脆弱。她親眼看到許多被踩成肉泥的人。

人潮終於稀疏了些，岳方癱軟下來。「……殿下，妳快走……我歇一下就跟上妳……」

慕容馥低頭，淚若泉湧。她不言不語的撕下一幅袍裾，摸索著岳方溼濡的腿。

是血。大概是剛剛有人搶馬的時候，朝他大腿砍了一刀。

「你若死了，我就讓天下陪葬。」她紮著止血帶，「反正我已經背負了兩萬條性命，再多背點也無所謂。我會讓這片大地翻起腥風血雨，十室九空。你知道我向來說話算話。」

她的語氣，絕望的平靜。

覺得全身力氣都隨著血液掏空的岳方，瞪大眼睛想看清楚她的表情。卻只分辨出她那泛著死氣狠光的燦亮眼睛。

流那麼多血，真的還能活麼？

「爺，你說話要算話。你說要保護奴的。」慕容馥語氣一軟，帶著哭聲。

讓她這樣軟硬兼施……誰敢說不要呢？岳方泛起苦笑，環過她的肩，掙扎著站起來。互相扶持著，熬過這場驚慌的兵災。

等天亮了起來，援軍終於趕到，有了主心骨的驚慌士兵們終於平靜了，瞠目面對著一夜兵災的淒涼戰場。

這場沒有敵人的戰爭，僅僅恐慌就殺死三、四千人，五千多帶傷。

慕容馥和岳方，終於走回何進駐軍的大營，卻也沒見到何進。在帥位上的，是她的老朋友樊和。

樊和大驚，「……殿下！妳怎麼會在這兒?!」

「我才想問你，你怎麼會在這？你不是在定北嗎？」慕容馥比他還吃驚。樊和駐軍定北，未免離駐地太遠了。這論起來是殺頭的罪。

「我那兒挨了一小股北蠻子，結果把俘虜抓來嚴刑拷打，我才知道那是擾亂耳目的詐兵。」樊和憂心忡忡，「他們大股勢力集中起來是要攻擊京城的！我帶了兩千騎兵趕緊來報信……嘿！結果看到一窩子熊兵，連元帥都不知道去哪了！我不管起來，誰管？」

樊和倒是很殷勤，他喚了軍醫來照顧慕容馥和岳方，也很認真的聽慕容馥說前因後果，敬佩的翹起大拇指，「嘿！我就說殿下是真正豪傑！若不是燒了便橋，我哪有時間整軍？北蠻子不知水，現在沒橋了，也就找到十幾條小船渡河。」

「莫擔心，我讓他們來都別想來，來了就去不得！」樊和很豪爽的大笑。

「你還是要通報兵部，順便追查何進將軍的下落。」慕容馥卻沒那麼樂觀。

樊和聳聳肩，「哪有那鳥時間通報兵部……等他們指揮，北蠻子都打到開封了。」他壓低聲音，神祕兮兮的說，「何進將軍麼……大概跑回開封了……沒死的話。格老子的，咱性子也不好，可不會天天揍自己弟兄……他能揍到引起譁變，也是不簡單的。可好死不死，這麼巧，剛好撞到炸營這日？不過也幸虧炸營，他才沒讓人砍了腦袋……」

慕容馥有些啼笑皆非。幸好沒嫁他呢。看來自己眼光還是很準的，勝驕敗餒之人，不足與之共事。

樊和的老軍醫非常厲害，幾碗湯藥和裹理，就把垂危的岳方從閻王爺的眼皮底下搶回來。至於她腫脹的腳踝，她根本就不覺得如何，痛都痛慣了。

照顧著虛弱的岳方，她心情終於出現一線曙光。樊和是個會打仗的。將原本不利的局面徹底扭轉，將北蠻子堅拒在黃河以北，氣得那些北蠻子跳腳。

天天聽到樊和操練兵馬的大嗓門，她原本淒惶恐懼的心，終於可以落地。

歷史……不見得會走向最糟糕的局面吧？

但老天爺惡狠狠的嘲笑了她一把。

何進帶著聖旨和禁衛軍，迅雷不及掩耳的逮捕了樊和與慕容馥。罪名很驚悚。

樊和是「挑唆譁變、擅奪軍權、圖謀不軌」。慕容馥是「親王擅交外將，勾結攀連意謀不軌」。

樊和下獄，慕容馥圈禁於王府面壁思過。

這個結果，讓慕容馥與樊和都傻眼了。

一切都是爭功諉過的錯。

被褫奪王號，剝奪賞賜宮人的慕容馥，默默的想。

就是因為爭功，六妹和何進才會鬧得不可開交。就是因為爭功，所以六妹才會排擠何進南渡留守，想要搶下驅逐蠻虜的頭功。就是因為爭功不成，何進才會藉酒消愁，暴躁得屢屢辱打部屬和蜀軍頭子，以至於忍受不住的部屬譁變殺帥，何進倉皇逃走，扔下整個大軍不管。

為了爭功，也為了諉過，在確定形勢大好，何進才會扭曲事實，拔掉了樊和，與樊和唯一的靠山慕容馥……誰讓他們是舊識，慕容馥押完了糧還滯留不歸呢？

說是巧遇鬼也不信。

更何況，何進是忠臣之後，是翼帝看著長大的青年才俊。無故滯留的馥親王，和結交貴冑、桀傲不馴的粗魯武將，當然比不上何進的話可靠。

但慕容馥很不解。雖然嫌她囉唆，樊和還是乖乖的寫了個報告送往兵部，兵部尚書也火速回令，讓他暫代帥位，便宜行事。但他們被抓起來的時候，那份尚書令不見了。

文書可以不見，但兵部尚書還在啊！這是查證一下就能知道的事情，為什麼樊和還是入獄……

靈光一閃，她突然想到……兵部尚書，不就是何進的姑爹嗎？

她小聲的笑了起來，無奈而蒼涼的。這盤根錯節、共枯同榮的官僚班子啊……

聽在外面有動靜，她連起身都懶。

翼帝將馥王府所有的人都收走了，畢竟那是她的賞賜。門匾也摘下來了，那也是她的賞賜。慕容馥甚至不能出院子。每個月送給她一擔米、一擔柴，就沒了。

幸好院子裡有井，不然渴也渴死。

許多人來探望她，或善意或惡意，但都讓門口的禁衛擋了。

但吵這麼久，還真沒有的事情。她走到院子，瞠目看著站著都打晃的岳方，心平氣和的說服。

他說，他不是皇帝所賜從人，而是馥皇女的奴僕，在官府有案的。皇帝是令禁衛看守著不讓皇女離開，卻沒阻止人走進去。

慕容馥聽了一會兒，插嘴道，「小哥們，他說得不錯。再說……你們就認定，我再也翻不起浪？」一臉似笑非笑的。

禁衛們背後沁出汗來。他們都是當兵多年的軍漢，消息比百姓還靈通些。馥親王泣燒浮橋，早已傳遍。雖心驚她如此心狠手辣，卻也知道非如此殺伐決斷，恐怕北蠻子已經在京城裡牧馬。

再說，馥親王一直都是翼帝最心愛的皇女，這次惱了，誰又能跟自己孩兒置一輩子的氣？萬一馥親王翻身，他們又對她不敬過……那可不是玩兒的。

仔細想了次禁令，也不得不承認，這的確是個漏洞。這些禁衛陪著笑，讓岳方進去了。

進了屋裡，岳方立刻將慕容馥抱了個滿懷。一日不見，如隔三秋。都不知道這兩天是怎麼熬過去的。

「……你怎麼沒逃？」慕容馥哽住。她明明再三囑咐他要快逃，還把江南產業的印信戒指給了他。

「殿下，我不喜歡妳這麼說，再也不要說這種話。」他的聲音啞了，「妳欺負我起不了身，就敢拋了我。」

大劫餘生，兩個人相擁甚久，相對垂淚。

「笨蛋。」慕容馥罵了。

「才不呢……」岳方反駁，「追隨主公，本來就是我的責任。」他還含著淚，現出羞赧的模樣，聲音細如蚊鳴，「我……我才覺得，我很幸運……哪個謀士可以追隨主公到這個地步？頂、頂多就追隨到結拜兄弟，誰能如我……如我追隨到……如此親密。」

「……爺，你越來越邪惡了……可我喜歡。」

等看了那擔柴和米，馥親王還得蹲下去燒火，岳方心痛加上傷病未癒，差點昏過去。

慕容馥倒是安然自在。她早年曾經代君巡守邊關，參與過幾次大小衝突，還曾督軍關牆之上，學過埋鍋造飯，並不是嬌嬌女。

生火煮粥並不困難，反而安慰岳方，還要他好好體貼她洗手作羹湯的福分。

岳方吃了粥，睡了一覺，略略恢復些，神祕兮兮的帶她到院子牆角邊，掀開一道暗門。

慕容馥張大眼睛，居然有個短短的地道通到祕密挖出來的地窖，塞滿糧食，還有許多大豆等雜糧。

「妳說豆是植物肉。地窖存糧存不住肉和雞子，可存些豆子沒問題。」岳方展示許多成藥和藥材給她看，「人多了還真不好辦，若只有咱們倆，圍城也不怕。隔壁還有個地窖井，水源也有……」

「原來你這兩年都是在忙這個。」慕容馥張望著這個地窖。他一定花了很多心思吧……

岳方有些不好意思的笑了笑。不只忙這個，自從頭次大漠雪災沒引起注意，他就非常緊張恐懼的開始讀兵書，悄悄的跟侍衛們學劍術。

他不想當武林高手，他想學的，只有殺人。

任何敢犯馥親王三尺之內的，必誅無赦。

「……你也看出來了，圍城恐怕避不開了。」她沉重的嘆息。

「殿下，妳一定跟帝母說了什麼吧？不然不會罰得……這樣。」

慕容馥的眼神飄遠，又神祕的笑了笑。「當然是說了不好聽的話……」

她眼神轉凌厲，「我威脅她了。」

慕容馥將頭一昂，「她能度過此劫，當然我大概沒啥好下場，不過天佑大燕，就罷了。萬一她撐不住，說不得得求我。」

她語氣很輕很輕，「到時候，繁……你跟我走了吧。」

「好的。」岳方溫順的點頭，「一定跟隨到底，殿下。」

休養了十天，身體稍微癒可的岳方，借了慕容馥一支手杖，就瘸著外出打探消息了。

禁衛真不知道怎麼辦，悄悄請示上司，被上司罵回來。此刻人心惶惶，朝野亂成一片，誰敢拿個皇女的小問題去問皇帝。

只好睜隻眼閉隻眼，裝作沒看見。

可這宛如好婦的青年公子，倒是知情識趣，出入打賞，就算張羅吃食也沒忘了他們的一壺酒。

頭回打探消息回來，岳方一臉苦笑又好笑。

自己都懷疑是否精神過敏的情報網，現在真是發揮大用處了。連皇室的消息都打探得到，不能不說私房產業的掌櫃們個個不是善類。

「……炸營那晚，就是咱們掙命整夜那晚，」岳方啼笑皆非，「皇太女就接到情報了。第二天清晨就以『為國祈福』的名義，逃去長安了……皇上的情報還比她晚一天，只能乾瞪眼。」

……好麼，未來的皇帝都逃出京城了。

「卿王爺的車駕慢了點，被皇上在城門追了回去，聽說驚嚇過度，病了。」

慕容馥無言片刻，「我那兩個皇兄弟呢？」

「也病了，御醫去看過，都是傷寒。」

「這招我也知道，」慕容馥發牢騷，「他們以前逃學就玩過。不就是泡冷水再熬火盆？真是一病天下無難事……七妹不會也病了吧？」

「那倒沒有，隨皇上共理朝事。」

「我這妹妹，雖說貪婪愛摟銀子，賣官鬻爵的。但真的有些才能，也都買賣些閒職小官，算是有些分寸。個性也算有擔當。」慕容馥嘆息，「慕容家男兒卻臨危只會裝病，連逃跑都逃不好，你說能做什麼……還妄想當什麼皇帝，多睡點吧，別做夢了。」

相對苦笑，慕容馥從密格裡掏出大燕律初稿，岳方從書架上拿下一堆法家述論。

反正現在也無法做些什麼，煩惱無益，不如幹些實際點的事情。

長慶十三年春末，何進率收攏殘軍兩萬餘兵將渡河，與北蠻七千騎兵對決。半渡被襲，慘敗，逃回京城僅餘三千餘人，當中多為蜀軍和安北軍，京畿衛全軍覆沒。何進自殺殉國。

長慶十三年夏初，各路北蠻會師，圍攻京城，勤王之師千里跋涉未至，京城告急。

幾乎和慕容馥預言的大致上相同。

而做下如此不祥預言的慕容馥，此刻正安閒的在王府院子「思過」。她憂心多年，事情終於發生了，反而不再懸心。這才好笑的發現，比她更憂心的岳方，做了些什麼，不只是屯糧備豆，原來那棚豌豆，不是為了豆蔻花開吟詠用的。荇菜、紫薇，也不是為了《詩經》才種的。

她還以為岳方要改行當田園派詩人，哪知道是戰備儲糧。

兩個人都帶傷病，岳方又溫馴的遵守五天「運動」一次的規律，但常常親吻耳廝鬢磨，親暱無間。

城破山河不在，身為皇族，唯一死耳。城不破山河在，她大概逃不掉廢貶為庶人的命運……反正她也有所準備。

與其無謂的憂慮未來，不如惜取眼前人。難得岳方不悔，她亦無憾。

但因為她很了解帝母，所以她知道，帝母終究還是會傳她去。帝母治理內政、玩弄帝王心術，是把好手。但一個人在皇位太久，就會剛愎自用，不承認自己不懂軍事。

外行領導內行兼識人不清，大病也。

果然，帝母在北蠻子圍城之後，將她傳了去。

至於她們談些什麼，沒有人知道。但翼帝罕有的面帶怒容，卻行詔由慕容馥暫代攝政，一切國事，由她便宜行事，禁衛軍皆出她轄治。

行完這詔，翼帝就吐血昏倒了。

舉朝譁然，咸認慕容馥逼宮篡位。但她也行若無事，只把七公主文濤叫來，「京城所有輜重後勤，都由妳管理。我知道妳公主府有一票幕僚，能用的通通抓出來用。總之，我分妳一半禁衛軍，妳要讓京城人心安穩，世家大族該給人給人，該吐糧吐糧，了解？」

……分權一半給我？七公主微張著嘴，饒她聰明狡詐，也有些矇了。

「七妹，」慕容馥說得凝重，「大姊避難去，也算是分散風險、保留皇室血緣，但這關熬過，她這個皇太女的位置……妳懂的。六妹又戰死了，只剩妳與我。我呢，就個瘸子。妳細想想，幫我熬過這關……是不是在幫妳自己？」

七公主不喜反憂。她這四姐城府深沉，頗有高深莫測之感。「……還有卿皇兄他們……」

慕容馥鄙夷了，「妳能信任幾個裝病的廢物？我不能欸。」

憑恃著禁衛軍的武力，慕容馥強迫暫停原有的朝廷班子，另組了一個極小巧的臨時軍務朝廷。把忿忿不平的樊和從大牢裡撈出來。

一千五百名禁衛軍，萬餘吃空餉挺嚴重，事實上只有三千廂軍的老弱殘兵，和從京城世家硬擠出來的五百壯士，和兩千民勇，以及劫後逃生的三千殘軍。就是她盡力搜刮出來的最後家底。

樊和瞪她，「妳給我這些垃圾……我能幹嘛？妳說！」

「守住京城……一個月。」慕容馥有些憂鬱，「朝廷反應太慢，勤王之師才開拔不久……距離最近的也要一個月。」附近的軍隊幾乎都填光了。

「我不是神……」樊和暴跳如雷，「我是他媽的神經病！這麼點烏合之眾，妳要我守住整個京城？妳知道京城有多大？這點兵力散出管他媽的什麼用?!城東不知城西，城南不知城北，妳說我怎麼調度？跑也跑死！」

「你行也得行，不行也得行。」慕容馥木著臉，「老樊，別忘了你欠我多少人情。我知道慕容皇家冤枉你、欺負你。但你得先還我人情，別的恩怨再說。」

「……認識妳真是倒了八百輩子的血楣！」樊和氣得發暈。

慕容馥露出粲然的笑，「軍事我不懂，都交給你了。但情報……你就不用擔心，保證即時。後勤你也不必問，一定供應到底。」

她的表情變得嚴肅，甚至帶著強烈的殺氣。「大燕皇城，也不是沒有絲毫血性的。就讓北蠻子看看，燕人的氣概！」

* * *

樊和是個打仗的高手高手高高手，七公主也是個管內政的天才……刮起地皮更是毫不含糊，堪稱雁過拔毛。

雖然這兩個頭頭在許多方面都有缺點……但在慕容馥底下，的確發揮了最大的功效。

樊和心不甘情不願的接了兵符，第一件事情就是去討要被軟禁起來的楚王麾下悍將。一通狂灌猛喝，這個做官無能的猛將，忽悠得這些滿懷怨恨的悍將找不到北，嗷嗷怪叫，掀起無限戰意。

「綿羊帶狼群，狼比羊不如。餓狼帶羊群，羊都會咬人。」樊和很得意的說，「咱幹嘛浪費楚王大人養了一輩子的餓狼？讓他們帶著吃北蠻子！」

他還花招百出，佯攻、夜襲，幾通鼓就能讓攻城的北蠻子繞著京城跑馬要累死。找精通北蠻語的士兵大嗓門喊話，挑撥得北蠻子暴跳的恨牆高。

北蠻也不全是渾人，軍師上了幾次當就學聰明了，從搶占的城鎮裡運來攻城器械，用俘虜的燕人打前鋒，優劣互換，又有那投降的燕人獻策，聲東擊西，仗著馬快騷擾不止，想要讓守城軍成疲師。

可這後勤，早就想過對策了。

善於摟銀子的七公主早就把百官世家的家底摸得一清二楚，加上她奸滑似鬼的眾幕僚，徵起物資又狠又準，更把全京城的馬都徵齊了，連御馬廄都沒放過。

更清空東南西北四條大道，不准設攤停留。而這些馬不管是什麼赤兔馬、汗血寶馬，都乖乖來拉板車。

這些板車的材料，都是從馥王府拆的，拆不夠還拆到皇宮去（翼帝表示非常憤怒），做得非常粗糙，連屋頂和車壁都無，只釘了橫桿能拉著穩住。但兩匹馬可以拉二十個人，支援起來非常迅速方便，而且支援的兵員絕對不累，下車就能協防。

全城的馬車夫和報更的都被徵來了，不愧是賣官鬻爵成精的七公主，封了這些車夫一個「皇家御手」，報更的封為「皇家威武手」，讓這些興奮過度的車夫和報更的，一路狂奔著運送兵員，一面瘋狂的篩鑼扯嗓門，「大軍威武！避道避道……」

至於自言不懂軍事也不懂內政的慕容馥，帶著岳方，集合所有里正，教導他們唱軍歌。

她解釋給岳方聽，「打仗就是打士氣。現在時間太緊了，來不及有其他的補充，士氣一定要起來。軍歌不是拿來軍歌比賽的，它的作用是鼓舞士氣，讓所有的人了解，戰爭是所有人的事情……」

但她實在沒有時間教其他的，就把最古老的軍歌教唱，岳方還親自譜曲，非常慷慨激昂。

她選的是《詩經・秦風》〈無衣〉：

「豈曰無衣？與子同袍。

王于興師，脩我戈矛，與子同仇。
豈曰無衣？與子同澤。
王于興師，脩我矛戟，與子偕作。
豈曰無衣？與子同裳。
王于興師，脩我甲兵，與子偕行。」

不得不說，京城的文化水準還是比較高的，識字的人比較多。雖然她硬性規定通通都要會唱，但許多人唱到淚流滿腮，可見非常了解意義。

常常一人唱，眾人和。連守城疲憊的軍漢，沒事都會哼兩句，最後是整個小隊蔓延開來，附近的人都一起唱。

在最緊急的北門之役時，滿天箭雨，城門已破。坐鎮北城門的慕容馥和岳方帶著城軍，就是在〈無衣〉的歌聲中，揮劍彎弓，掩護著城民拆房子取來石頭木材，一點一點的殺退北蠻子，一點一點的把整個北門堵起來。

她和岳方各中了數箭，天幸沒中要害。慕容馥射箭射到弦斷，掩護她的岳方砍人砍到劍都出現許多缺口。

直到樊和來援，她和岳方退下，才感覺到傷口的疼痛。脫力的慕容馥蹲下來，吐了。

「殿下！妳覺得怎麼樣？軍醫，軍醫！」岳方整個焦急起來。

「沒事沒事……」慕容馥咳了兩聲，「累過頭吧我想。箭傷治一治就好了，比我更嚴重的還多……」他們穿戴戰甲，其實沒傷得很重。

從此，馥親王和她身邊如意君的形象都高大起來。病弱慘白跛腳的鐵面親王，箭無虛發，悍勇非常。連她的如意君那樣漂亮的小白臉，都殺紅了眼，一劍又一劍，血染白袍，也毫不退卻。

很多很多年後，〈無衣〉還是京城人最喜歡的歌曲。唱完常常會驕傲的提起曾經追隨著馥親王和如意君悍守北門的往事，並且將徽章似的傷疤給人看。

不到二十天，勤王之師終於來援。而天氣越來越熱，不適應這種氣候的北蠻子苦夏不已，人忍得住，馬都忍不住。

戰爭的天平，終於向大燕傾斜。

歷史終歸沒有重演。勤王燕軍大破北蠻聯師，一路追逐掃蕩，一鼓作氣的追殺過賀連山。號稱十萬大軍的北蠻，逃回大漠的只餘萬餘，幾乎都埋骨異鄉。

此役後，數十年北蠻不敢南望。也是這役後，七公主浮上台面，隱然接掌皇太女。樊和一戰成名，成為新軍神。

至於馥親王和如意君，則成了大燕說書人最愛的材料，還出了本話本，叫做「鐵面親王如意君」，非常傳奇。

（雖然也非常仙俠和胡說八道）

那年秋初，幾乎把京城掏空才讓樊和撐下來的馥親王歸還攝政。病癒復事的翼帝祭告太廟，大賞有功，獨獨漏了慕容馥。

她接到的旨意非常簡單扼要：封蜀王，復王祿，永鎮蜀地，給她一個月的時間招募府官，屆時立刻啟程前往蜀中。

一句褒獎也沒有。和對七公主的華美盛讚完全是兩回事。而馥親王改封蜀王，事實上是降半階。親王原本就比王爵高半階，僅次於皇太女。

但慕容馥沒有一句怨言。雖然連給她養傷的時間都不給。

相反的，她卻欣喜若狂，飛快的點了她早看中，還在短暫執政時通過考驗的白衣士子，只要對方同意她延攬，她就立刻定案。甚至來不及等他們一起上任，不到一個月就拽著岳方，逃命似的奔往蜀中。

「這個遠封，是我跟帝母討價還價來的。」旅途中，慕容馥仔細的跟岳方解釋。沒辦法，岳方什麼都好，就是什麼心思都藏在心底，又不問，只是苦苦琢磨。這樣無謂的耗竭心力，對心理健康不好。

她身邊又沒其他的誰，也不過就一個岳方而已。

當初翼帝暴怒，在圈禁慕容馥之前，有過一番答辯。

她心知帝母有個毛病，就是狂怒起來會暫時失去理智，等冷靜下來才後悔不已。幸好帝母殺性不重，人沒死往往都還能挽回。

所以她很直接的頂撞了，嚴重告知可能會有的結果。狂怒的翼帝哪聽得，就令人扠出去。

臨行前，慕容馥跟翼帝說，「帝母日後若無法收拾，兒臣掃徑以待。若過此劫，請帝母容我遠封蜀地，代王叔永鎮西北。」

「朕滿朝文武，難道還非要靠妳不成?!」翼帝聞言更怒。

「帝母轄下文嬉武恬，非兒臣不足以收拾殘局。」慕容馥昂首。

這才讓翼帝把所有服侍她的宮人全收回，苛刻飲食，就是差點被這不肖女氣死。

日後北蠻圍城，翼帝真的束手無策，只好召慕容馥來。沒想到慕容馥要求全面代理攝政，還要翼帝先行寫妥封王文書，並且用印。

心力交瘁的翼帝破口大罵，卻毫無辦法。聖心獨運慣了的皇帝，哪吃得住這種氣，才會在吃了這麼大的虧之後，吐血昏倒。

待圍城之危平安度過，翼帝猶不消氣，才勒令一個月後速速離京，省得看到這個不肖女就爆血管。

岳方低頭了一會兒，輕聲問，「那……為什麼是蜀地？」

「遠、苦、窮，有邊患。沒人會質疑，也不會有人跟我搶……」看到岳方幽怨的眼神，她投降了。「好吧、好吧，我說實話。因為我發現，就算你變心我也捨不得剁了你，只好施加小惠，讓你死心塌地囉……本來我是想去大理，比較溫暖。但為了讓你感恩圖報捨不得變心，所以……」

「殿下！」岳方高喊了一聲，眼淚沒能攔住，斷線珍珠似的直落，「妳、妳……妳明明、明明只是為了我……還、還說這些……」

「哎，你別哭呀……」慕容馥煩惱了，「你們讀書人怎麼就是愛哭呢？」

為什麼我會愛上一個愛哭的美受，而這個美受就是愛我呢？神奇。

但更神奇的事情……也發生了。

當初她知道的時候，呆若木雞，把冒著油汗的老軍醫嚇個半死，以為她要殺人滅口。

嘖，當我什麼人呢這是……被知道也沒什麼，只是有點麻煩。才請他暫時保密的。

但入蜀在望，她總算可以放心了。只是他們家的如意君（現在成了岳方的專稱了。沒其他人敢這樣自稱或他稱），很是遲鈍，居然一直沒有發現……

「那個，咳。」她清了清嗓子，「岳方……你有沒有發現……我好像變胖了？」

一路上極盡溫柔體貼的岳方看著她有些浮腫的臉孔，和微微突起的小腹，很聰明的沒有說實話。「我覺得殿下這樣剛好。」

他畢竟是在後宅混過的人，知道女人都有些口是心非。再說，他也覺得慕容馥胖點比較好，表示吃得下睡得著，健康。

慕容馥尷尬的笑，「那個，呃……我覺得，小孩子還是姓你的姓好了。姓慕容麻煩多。」

岳方疑惑的跟著笑，「怎麼又提這個？」他已經接受了無後的事實，能伴著鳳凰似的馥親王，他已經覺得是上天最大的垂憐了，又歷經了幾番生死，很多事情都看透澈了。「像殿下說的，姓誰的姓不一樣？都是咱們的孩子……」

他的聲音越來越低，怔怔的看著慕容馥更尷尬的笑容，目光又移到她微凸的小腹。

不會吧？難道……

「……幾個月？」

「現在九月……五個月了吧？放心，雖然看起來肚子很小，但是我給大夫看過，說我很健康，孩子也很健康。」慕容馥趕緊保證。

「那就是……夏初有的。」難道是馥親王剛接下攝政的那晚……害怕沒有明天所以……？

「欸，對啊……」慕容馥有些羞澀。

所以，懷著孩子的馥親王，騎馬跑遍全城，還到處支援，死守北門，彎弓控弦，和北蠻子砍砍殺殺……

蹦的一聲，岳方昏倒了。

咬著指頭，慕容馥無奈又哭笑不得。這樣纖細的孩子的爹。「唔，這是驚喜還是驚嚇呢……？」

她也很感慨。這個孩子要跟妳就是要跟妳啊，衝鋒陷陣、砍砍殺殺也跟得牢牢的。身中數箭也沒嚇跑。想來墜河跳樓也不會掉吧……

當然她不會去實驗，開玩笑。

非常緊張的新手爹護著慕容馥像是護著易碎品，巴不得把她一路親自背去蜀中。慕容馥吼了他幾次才讓他稍微放鬆些。

目前，尚未開府建衙的蜀王慕容馥，暫時帶著岳方住在楚王舊王府內。但蜀中讓回紇趁國危時糟蹋過一遍，楚王府也被蹂躪過，勉強找到一個損害程度比較輕的院子住下。

蜀軍被招回去，讓翼帝揮霍光了。戰亂之後，蜀中殘破，百廢待興。

「得白手起家了。」慕容馥嘆氣。

「殿下，我已經從江南調了些資金過來，府官也快抵達了。一切都會好的。」岳方安慰她，「只是建衙要建在哪？這裡畢竟是楚王府產業……只能借住。」

「白沫江畔，平樂。」慕容馥露出一個猙獰的笑容，「讓孩子祭拜祠堂方便些比較好。欸，繁，你覺得王氏族人富不富啊？百廢待興，很需要抄那麼一家、兩家補漏洞……我很窮啊。」

岳方睜大了眼睛。當初賣掉他的兩個族叔……聽說還活著。但遷怒貳過……這樣好嗎？

「我家原本是平樂數一數二的大戶。」他回答了。

「好極，極好。繁，你不介意我徵用一下吧？將來還你。」

「殿下儘管用。」他臉孔微微酡紅，「繁所有的一切，都屬於殿下。」

這孩子真是學壞了。近朱者赤、近墨者黑……慕容馥很感慨了一把。

「交給我吧。我可是受過惡霸的專業級訓練。」她很霸氣的擺手，「連帝母都讓我惡霸了整個蜀地，掛保證的。哼哼，哼哼哼……」她在想要怎麼讓那兩個王八蛋生不如死，後悔生在這個世界上。

對啦，她就是護短又自私自利。犯我的人……雖遠必誅！順序問題而已……

岳方垂下眼簾，噙著笑意。他以為，觸及這些人、這些事，他會非常痛苦。

其實不然。

像是那些苦痛幽怨恨意，都已經轉成灰白而模糊的影子，不太記得了。

現在，他只覺得，慕容馥惡霸的樣子，是那麼耀眼可愛。

雄者曰鳳，雌者曰凰。只有她，如此完整的她，才配稱鳳凰吧。追隨這樣的鳳凰，就算殺人放火外到抄家滅族……他也從了。

「我相信的，」他溫言，宛如光華滿映的月華流芳，「殿下。不過還是等孩子生了以後再說吧。大著肚子去抄家，不太好看。」

「……」

（倦尋芳完）

# 馴夫記

人人都說，李家七公子祖上燒了高香，才能娶到慕容少奶奶這樣的賢良妻室。

坦白說，門第上是絕對不配的。慕容家啊，上品世家啊！那可是跟皇帝同宗的，現在還是一門三進士，父子同在朝，多顯赫一世家啊！

李家？嘖。雖說在宛城跺跺腳能地震，但也就一方土霸罷了。七公子又是個紈褲中的紈褲，連個秀才也沒考上，文不成、武不就的，吃喝嫖賭倒是樣樣精通，最常做的就是上街調戲大姑娘小媳婦兒，還沒娶妻之前，房裡就三房小妾，通房無數，是個好色貪花的敗家子兒。

之所以這門親事能成，實在是李家交了大運，慕容少奶奶還在她媽肚子裡時，跟著慕容老爺走馬上任，途中卻早產……李家夫人親自接生，慕容老爺感激之餘，定了娃娃親。

自從慕容少奶奶嫁入李家以後，宛城定娃娃親的機率直線下降，誰也怕給自己女兒定了相同的破爛貨。

七少奶奶進門，等著看笑話的妯娌跌破了滿地眼鏡片兒。

誰也沒想到高門貴女——即使是庶出——卻是這樣知書達禮、賢良大度。不但侍長輩極孝，待那個沒出息的七公子也是輕聲細語，更沒跟妯娌紅過臉兒。

但有人想要趁機壓她一頭，看她連敲帶打，柔風細雨卻讓那起子不省心的妾室和通房服服貼貼，順眉低眼，心底又有幾分怯意。待要挑錯，橫豎挑不出個不是，反讓人貼心適意的禮物給堵了，又沒一點想奪權的意思，極為賢良。

出手不打笑臉人，又拿人手短。李家也就三房子嗣，長房和三房（七公子）都是嫡子，二房是庶子，可七少奶奶待長房就尊重點，待二房卻親熱點，對著祖母就彩衣娛親，笑話兒不要錢的潑灑；待婆婆就溫柔小意。李夫人自生了七公子以後退守佛堂，不問世事，七少奶奶就能靜心誠意的去陪著做早課，讓面冷心也冷的李夫人居然待她和顏悅色。

可以說，不到半年，整個李府上下都為這個高貴不貴的慕容女傾倒，一派和樂融融。

慕容燦也暗暗的鬆了口氣。這李家果然是實誠人家，三兩下就拿下馬，簡單簡單。過日子麼，還是和和氣氣的比較好，天天烏眼雞似的對掐算什麼呢？她的要求很少很少，就希望能有個吃飯不怕被下毒，睡覺不怕被栽贓嫁禍就行了。

雖說是用了些手段，但李家上下與她相友善，還真有幾分真心……她已經感動得熱淚盈眶了。

除了七公子。

算了。反正只是湊合……湊不上也是倒楣而已。反正這鬼時代沒什麼離婚的可能……當作他不存在好了。一個「賢良大度」的貴夫人，天天把相公往外讓，不就是個模範中的模範嗎？

反正他有三房小妾和無數通房，只要在三房院子的，除了壓著屋簷的嘲風獸沒讓他上過（？），只要是母的，大概沒個落下……連她陪嫁過來的兩個丫鬟，都趕風頭去爬過七公子的床了。

她倒是沒有生氣。誰希罕誰拿去……就這麼一個「快槍俠」也好爭？老娘才暖機，他就當機了，還重起不能。看他鶯鶯燕燕滿屋子，沒有一個生孩子，就能理解到，這個年方十六的小鬼早就把身子掏空了，將來不死於色癆或花柳病，我就跟你姓。

有輕微潔癖的七少奶奶為了自己的健康和性命安全，巴不得把七公子掃地出門，樂得非常「賢良不妒」。

至於那群鶯鶯燕燕……抱歉啦，我這麼一個「外來種」都守規矩了，妳們也乖乖守規矩吧。老娘上輩子是教官，這輩子還是得整出點規範來，妳說是不是？不讓妳們出操了，但豆腐乾兒還是得學著疊一疊，講究個進退有序對不？

結合了古人的腹黑內宅學以及現代化的管理制度，三房院子終究是整出個軍容嚴整的模樣。

但她所有的努力，還是崩潰在七公子的身上。

李府治家，都是將每房用度交到各房主母手底。七少奶奶能夠治理得上下一心，忠誠無二，有相當大的緣故就是……上上下下的月錢都攢在她手底分發。

不聽話？不聽話你就等著窮困潦倒。身為一個斯文的大家閨秀，七少奶奶從來不動板子，也不讓人罰跪。小過錯就請妳去乖乖站在牆根下，腳跟、膝蓋、背，要求三點一線的貼在牆上站好，站不好就有教養嬤嬤的細竹絲掃下來，絕對不傷筋動骨，卻保證痛得涕淚泗橫。

這樣站還有個好處，累死人卻保證儀態，那群講嘴巴痛快、嗟嗟呼呼的妾室通房，罰個半年下來，儀態都端正許多，讓老太太誇獎七少奶奶會調理人，妾室通房卻只能把眼淚往肚裡吞。

但真正的大殺器是……經濟制裁。

屢教不改？不要緊。七少奶奶不打妳也不罵妳，扣了首飾盒，封了衣箱，裁了月錢，免了月例胭脂。蹦達吧，繼續掀風作浪吧。咱就來招釜底抽薪。

原本這招整治三房院子很有效果，卻沒想到七少奶奶讓七公子釜底抽薪了。

剛發下來的月錢，讓他偷砸了鎖，捲去賭了個乾淨。

一陣秋風吹過，幾許淒涼和殺氣。

十幾年來謹小慎微，低調到不能再低調，依足了百分之一百二十規矩的七少奶奶……震怒了。

妾室通房效跳梁小丑狀，她忍；七公子對她冷嘲熱諷，每個月來騷擾她一夜，她忍；偷了她的首飾送給青樓花魁，她忍；十足十是個紈褲弟子外加足金窩囊廢，她忍……

偷她的錢，吭?!這個月的月錢裡頭還包含三房的伙食費……賭了個精光這個月吃什麼?!要不是她有先見之明，嫁妝錢都挖青磚埋地下了，豈不是被偷了個海枯石爛？

不能倚靠就算了，居然成了家賊！不怕狼一樣的敵人，就怕豬一樣的隊友……

這就是豬，豬啊！

於是震怒的前教官慕容燦七少奶奶，衝進了柳姨娘的廂房，揪著白天裡睡得糊里糊塗的七公子尊貴的豬耳朵，拖回正房，三兩下擺平了他，面朝下的綁了四肢，揚起手……

惡狠狠的賞了他一頓屁股。

一面打一面破口大罵，問他知不知道錯了，知不知道錯在哪。

風瀟瀟兮易水寒，壯士一去兮，不復返。

整個三房院子靜悄悄的，沒個人敢去通風報信。這個總是溫言笑語的七少奶奶整治了半年以後，讓這群鶯鶯燕燕深刻了解了什麼叫做「軍令如山」。

聽著七公子殺豬似的哭號，這群娘子軍心底湧起懼意和敬意。七少奶奶的形象，瞬間高大了起來，一整個頂天立地。

揍到自己的手都痛了，七公子的聲音也沙啞，七少奶奶慕容燦才停了手……然後放聲大哭。

當然不是為了心疼七公子……想得美。而是十幾年的隱忍終於抵達極限，好不容易看到新生的曙光，卻只是根火柴棒，亮了一下就熄滅。

她很喪氣，非常非常的懷憂喪志。早知道就由著姨娘把她嫁給宰相家的白癡少爺，最少挨打不會講，她還可以安逸度日……要不是宰相家的後院白骨累累，說不定是個好選擇……

最少比這個吃喝嫖賭的七公子好！

蒼天啊，她也不求什麼一生一世一雙人……扯淡吧，能三妻四妾誰跟妳玩專情。我又不是每日拋，還相信什麼刹那即永恆……白爛！

她要的，就是一碗安穩飯，一張安穩床，大家和氣生財。能生個孩子是最好的了，不能的話領養一個……或者很多個。上輩子她想當幼稚園老師，卻被老媽拐去軍校……她才不想帶那麼大的幼稚生。

她的要求很過分嗎？真的很過分嗎？為什麼李家上下都願意讓她省心了，就這個窩囊廢除了肝以外，五臟六腑都不讓她省……只會拚命煽動她的肝火！

讓她一時衝動，破裂了謹慎維持十幾年的面具……別說安穩飯，下堂後不凍餓死在外面就謝天謝地了。

這場大哭，累積了十幾年的小心翼翼和壓抑，沖刷了所有憂心和煩惱。大概是事已至此，夫復何言，反正也不可能更壞了，反而放鬆心情。

看七公子一臉是淚的啜泣，淚眼朦朧，我見猶憐的。她覺得有幾分好笑，用袖子粗魯的幫自己擦乾眼淚，找了藥膏，控著臉扯下七公子的褲子，惹得他一陣尖叫。

呿！一副小受樣……媽的。

「娘子，我再不敢了……饒了我吧……」一身缺點，只餘具好皮相的七公子梨花帶淚。

「住口！渣受！」慕容燦大喝，卻沒故意給他吃苦頭，輕輕的上藥，還是讓七公子哭爹喊娘。

忍耐到擦完藥穿上褲子，忍無可忍的七少奶奶鬆了綁，提起七公子，踹出房門，蹦的一聲甩門上門，倒在床上……蒙頭大睡。

她深刻的體悟到兩點。

第一、揍人也是個體力活。

第二、悍婦通常是被逼出來的。

她這廂已經全方位的做好了被休的心理準備，也預期了七公子會怎麼告狀抹黑，甚至生什麼十八般武藝的栽贓嫁禍，滿院子妾室通房眾手遮天、落井下石……

所以她第二天一早去請安的時候，連護膝都準備妥當，在房裡也已經做好了熱身運動，吃了個八分飽，抖擻精氣神要去熬這場硬仗。

可讓她傻眼的是，七公子一大早就來了，還抖著手牽她一起進去，齊齊和祖母請安。雖然坐下來時，七公子的臉扭曲了一下，還是低眉順眼的坐穩。

……不告狀？

她摸不著頭緒，滿腹狐疑的回去盯著帳簿頭疼。不想撬青磚動嫁妝，只好撿些不常用的首飾喚了陪房娘子來，帶出去當了。做天和尚撞天鐘，她雖然脾氣不好，卻公私分明。

錢是在她手底丟的，七公子那窩囊廢是賠不出來的，只好她這當家作主的倒楣七少奶奶墊賠了。滿院子的人，有人家裡就等這點例錢下鍋，沒過沒錯的，總不能扣下不是？不管這個七少奶奶能當多久，無規矩不能成方圓。

發了月錢，安頓了伙食費。她等了半個月……

還是沒人告黑狀。

欸？

雖然七公子看到她像是老鼠看到貓，嚇得渾身發抖，說話都帶顫音；雖然三房小妾眼光游移，抓到點機會就綿裡藏針的刺她幾下。

硬是一點風聲也沒透。

她不知道的是，不是滿院子鶯鶯燕燕轉職當好人了，更不是丫頭婆子改掉了八卦碎嘴的絕症。而是七公子實在哭號得太慘烈，印象實在太深刻。到現在還沒有人知道七公子是傷在哪兒……他連續半個月哪兒也沒留宿，就歇在書房……都是小廝幫他上的藥。

連小廝都哆嗦，那是鐵砂掌啊鐵砂掌……幸好打在屁股上，印在胸口恐怕沒有命了，他那小身板怎麼捱得住七少奶奶的一掌……

愛惜性命，遠離八卦。

至於七公子……他一輩子都讓祖母溺愛著，養在深宅內院，從小到大都在脂粉堆裡打滾，誰會彈他一指甲？父親雖然嚴厲，礙於祖母，也只能指著他痛罵一場。在外廝混，也都帶滿健僕護衛，只有他欺負人的，哪有人碰到他的。

這是第一次，有人真的動手揍他，揍完還哭得淅瀝嘩啦的。而且揍他的人，還是大家閨秀、溫柔馴良的少夫人。

也是生平第一次，看到怒容滿面，卻那麼生氣蓬勃的女人。心底的感覺，很奇妙。

怕是怕的很，可她那哭得眼淚鼻涕又咬牙切齒的嬌顏，又老在他眼前晃啊晃的……

隔了半個月，他終於猶猶豫豫、一步三退，蹭啊蹭的，蹭進正房中。

「有事？」正在煩惱怎麼填窟窿的七少奶奶抬頭，連客氣都懶得跟他客氣了。

七公子鼓足勇氣，準備實踐聖人之言：坐而言不如起而行。

但他又一次的被踹出門口了，追來的是七少奶奶的暴喝，「離我遠一點！渣受！」

＊　　＊　　＊

七公子容錚今年一定犯太歲。他的小廝銀心深深感慨。

這不，才挨過七少奶奶的鐵砂掌，現在又挨了老爺的板子。這頓打非同小可，就是那個……血流漂杵啊……要不是他機靈，覷著老爺沒注意，溜去給老太太通風報信……公子的命就交代了。

但他真覺得有點冤……雖然七公子大部分的時候都是不冤的，但難得有次例外。

雖說七公子有那麼點惡霸習性，慣性的調戲大姑娘小媳婦兒，但還沒真的拉回家……

真拉回家早讓老爺打死，哪來得及娶七少奶奶。

不過七公子的形象真的太不好了，宛城出沒，人馬辟易，誰也不敢撞上來，也很久沒人讓他欺負了……

可今天，七公子不是調戲人家，是被調戲了。

一個外地來的公子爺捏了捏七公子的下巴，很猥褻的說了聲小嫩皮，還問夜度資。

沒事都要挑事，心情又特別不好的七公子，當然一聲令下，把那個猥瑣的公子爺打成豬頭。不幸那個外地來的公子爺居然是個王爺側妃的堂兄弟……

結果換七公子的屁股差點被打爛了。這是怎樣一個因果循環，報應不爽。

最後當然只能抬回上房，銀心心底忐忑，雖說公子胡鬧，可對他們這些下人是很好的。萬一七少奶奶脾氣上來……公子就是一個死了。

雖然是那樣的害怕，他還是跪下來求情，「少奶奶……妳饒了公子吧！這次真的不怪他……」他結結巴巴的說明了來龍去脈，頻頻磕頭，替他們家公子求情。

慕容燦啞口無言的看著在地上磕出額血的銀心，有些悶了。她輕聲細語，「我看起來是那種歹毒婦人，會去毆打傷患？」

「不不不，當然不是……」銀心趕緊搖手。只是您那鐵砂掌輕揮……奄奄一息的七公子非小命吹燈不可。

「我知道了，你去把額頭的傷治一治。」慕容燦嘆氣，「我會處理的。」等銀心千恩萬謝的告退，她也揮手讓丫頭婆子都下去，閉門謝客。她老覺得後宅的病傷患死亡率會這麼高，就是因為探病者過眾，折騰死的。

雖然七公子實在是恨得人牙癢癢，但她還沒怎麼打算做寡婦。她不喜歡佛堂，七公子該捐獻的精子還沒捐獻夠。她生不了也讓小妾生個啊，認到膝下她才有名分在後宅賴下去不是？

悶悶的坐在床頭，趴在床上的七公子，長長的睫毛顫動。

「別裝睡了。」她冷冷的戳破小渣受的偽裝。

七公子不由自主的一顫，上下牙直打架。

「這次的事情不怪你……一樁管一樁。那傢伙混帳，打他一頓只算便宜他了。」

容錚心底一寬，又復發愁，「……可他、他是宗室子弟……恐怕不會就此善了……」

「屁。」慕容燦撇嘴，這句粗話卻震得容錚發矇，「小老婆的堂兄弟罷了，八竿子打不著的鬼宗室？但就怕這等小人狐假虎威。等等我寫信回家報備，省得他出什麼妖蛾子。」

容錚抬眼看她，滿眼驚詫。這下他不懂了……「妳為什麼肯？」見她凌厲目光刺過來，忍不住脖子一縮，「……妳明明氣我……」

「這事你又沒錯……好吧，是有點錯，不過讓我動手，他就不是豬頭而已……你只要占理，我就會幫你。」她惡狠狠的磨了磨牙齒，「不占理……」

容錚緊緊閉上眼睛，「妳、妳……娘子，且記打，等我傷好了……現、現在……愚夫吃不起了……」

看他抖得跟個篩子一樣，慕容燦整個沒了脾氣。好麼，現在又成了病嬌受。她沒好氣的推了他一把，「不是很硬氣？被打得要死也沒吭聲？」

「老、老爺把我的嘴堵起來……」晶瑩的淚珠從玉樣臉頰滑過，「老爺、老爺說要打死我呢……」

靠北啦！天啊地啊，我做錯什麼了，你把個小渣弱受「嫁」給我？好歹我也長得嬌小玲瓏、清秀可人，一點點也沒有前世力拔山河胳臂可跑馬的女霸王相啊！

你看過霸王別姬，那個霸王還比姬矮一個跟頭的嗎？你不要告訴我，這個梨花帶淚、楚楚可憐的小渣弱受是霸王啊霸王……

七少奶奶慕容燦，捧頭欲泣，差點一口鮮血就噴了出來。

但很明顯的，小渣弱受誤會了，他費力的、怯怯的扯了扯慕容燦的袖子，「娘子……其、其實，也沒很疼……是唬外面的人的。妳、妳不要擔心……」

這下子，慕容燦絕望的哭了。

天知道《紅樓夢》裡她最恨終極娘炮賈寶玉。老天爺果然有著強烈的惡趣味，把她玩兒穿了，更惡俗的塞了個加強紈褲版的賈寶玉給她，一整個生不如死。

看她哭得那樣悲壯，七公子容錚更是驚慌又心疼，一整個誤會到亞馬遜森林了，「娘子，妳、妳別哭……以後我再不敢了……」

惡從膽邊生，慕容燦氣勢萬鈞的舉起鐵砂掌，驚慌失措的容錚閉上眼睛，把臉埋在枕頭裡發抖。

……下不了手。欺負弱小，非男子漢所為。（雖然她也不是他媽的男子漢）

往好的地方看，最少他心眼兒還不太壞，還不至於記吃不記打是不？雖說十六歲，也是十五未滿的小鬼……頂多念國二。跟個國二生發什麼脾氣？

「睡覺。」她沒好氣的說，自己拆著首飾和頭髮，「我就在軟榻守著。要喝水跟我講。」

容錚小心翼翼的抬頭看她，「……現在可以喝不？」

餵了他喝水，大概是安神藥起了作用，很快的睡著了。

慕容燦仰首四十五度，憂傷得如此明媚。

卻沒有人知道她正在辱罵賊老天第三百三十三次，至於內容，難以奉告。

這是個禮教吃人的時代。

她知道，因為那個規模三倍於《紅樓夢》的慕容府，給了她太多的印證了。

一開始，她還抱持著樂觀的態度。由威皇帝開創的大燕朝，應該是受了胡族血統的影響，對女子的約束小很多。大家閨秀在外逛街不用蒙面紗，馬車裡掀窗簾也不是什麼不應該的行為。纏足？聽都沒聽過。

她曾經暗喜社會風氣開放若盛唐，但很快就被掐滅了這樣的歡喜。

即使這樣開放，婚姻還是父母之命、媒妁之言。膽敢淫奔，結果非常可怖。

她在慕容府已經看過了血淋淋的例子，害怕了。

氏族的榮譽高於一切。每個人都只是小小螺絲釘而已，契合不進這個大時代，就會被無情的毀滅。之所以慕容燦會這樣安分守規矩，就是慕容府發生的許多事情，讓她戒慎恐懼的謹守禮教的分際。

但面臨她那渣受老公，她總是會破功。

其實，她很佩服這時代的女人，角色扮演如此迅速到位。婚前根本沒見過（或只見過一面），洞房花燭夜滾過床單，立刻愛得如火如荼，醋勁大發的開始對所有妾室通房磨刀霍霍。

太厲害了，太強大了。

慕容燦不但自嘆不如，而且仰之彌高。但她實在辦不到。

好吧，小渣受長得很漂亮……那層皮是能當衣服穿還是能填飽肚子？那不但是個陌生人，還是個國中生。她前世今生加總都四十幾的人，怎麼可能看上這種死小孩？還妄想燦出愛的美妙火花……

抱歉，雖然她不是君子，還是有所為，有所不為。

對這個名義上的「相公」，和他愉快的細姨們……她只覺得煩，很煩。

像是現在，傷還沒全好的小渣受，摟著張姨娘，衣衫不整的在她的床上滾……她第一個想法是……

揪住他們的耳朵，拖去教官室記上三、五個大過。

第二個想法是，在外混花街柳巷的小渣受有沒有什麼毛病……跟張姨娘有沒有乒乓傳染……不管有沒有，這床棉被她都不要了。

雖然還沒脫褲子，誰知道有沒有體液滲漏，多不衛生。

她正在一旁思索，床上那對小鴛鴦已經嚇得渾身哆嗦。張姨娘滾下床，嗚嗚咽咽的跪下，淚若臨花照水，好不可憐的顫聲求饒。小渣受乾脆跪在床上，顫抖的說，「娘子……饒命……」

七少奶奶有點煩，有點煩。

「起來吧，這有什麼好哭的呢？」她柔聲。

她自許如此溫柔體貼，顯然這對小鴛鴦不這麼認為。張姨娘癱在地上哭號，口口聲聲說自己該死；小渣受放聲大哭，哭著喊著，「娘子我再不敢了！且饒我這次吧……」

七少奶奶很煩，非常煩。

輕聲細語勸了三五回，終於勾動了她的肝火，「閉嘴！」

這聲石破天驚的怒吼……世界清靜了。但硬吞回哽咽的小渣受，開始打嗝。

七少奶奶又想哭，又想笑。表情一整個古怪，陰晴不定。

她揉了揉額角，「嫣紅、姹紫，把張姨娘扶起來，幫她淨臉。」轉頭看到扶著門框發顫的劉嬤嬤，「奶嬤嬤，妳喚兩個婆子把春凳抬來……別讓公子受寒了，捲著被子抬上去，抬去張姨娘那兒。」

「少夫人～～」張姨娘九拐十八彎的嬌聲呼喚，讓七少奶奶的背湧起密密麻麻的雞皮疙瘩。

她擺擺手，「既然公子想妳了，張姨娘，好生伺候著。嫣紅，底被也給收拾了送過去，別落下枕頭……行了行了，別跪了，等等公子受了風可不好了……」

還在打嗝的容錚愣了。娘子……真的生氣了？自從他受傷以來，慕容燦一力親為，噓寒問暖，上藥端湯，他們成親半年多以來，就屬這個月最親密。

他從來不曾見過娘子既不發怒、也不假笑。就這麼自自然然，淡淡的溫柔，用那種平平的語調念鬼怪志給他聽，明明很厭倦，還陪他一子一子慢慢扔著下棋。

頭一回，他心底湧起了慌張和惶恐，好像做錯了什麼。

「娘子……嗝！我不、嗝……不去！」小渣受心底無盡纏綿，可打嗝還沒停呢。

七少奶奶從眼角看他，那霜寒的殺氣讓他把所有的抗議吞進去，打嗝終於停了。

她揮了揮手，下人如潮湧般退散，抬著七公子的兩個婆子好像有鬼在後面追般，倉皇逃逸。

世間靜好。太完美了。

「六兒、七兒，」她喚著兩個小丫頭，「去拿綠豆粉來刷一刷床板，洗乾淨點，記得擦乾啊……等等，擦乾前兌點醋水消毒。」

可以的話，她很想弄個消毒水殺菌。可惜這什麼破時代……僅能如此克難。

其實她最想做的是，提壺熱開水消毒一下「禍源」。可是不管是禍根還是老太太，都絕對不會答應的。

她憂鬱的嘆了一聲，照例做了完美四十五度仰角的明媚憂傷，再次「禮讚」了老天爺。

＊　　＊　　＊

三房院子，有個很好聽的名字，袖風軒。

但是三房上下，很想改個名字去去霉運……快要成為「抽風軒」了。

因為三房諸幹部，都陷入抽風與糾結的風潮。

最高領導小渣受李七公子容錚，眼淚汪汪的咬著被角，陷入被少奶奶「驅之別院」的棄夫憂傷中糾結，中階幹部張姨娘哽咽著咬著帕子，糾結於「美食」當前，可公子卻視若無睹的迎風灑淚、哀聲歎氣。

另兩位中階幹部柳姨娘和周姨娘，則各在各的房裡大肆腦補張小賤人和公子如何的顛鸞倒鳳，這樣那樣，以至於寤寐思服、輾轉反側，非常詩經的糾結中。

至於眾多通房，咬牙切齒的陷入失望中。對於鷸蚌不相爭，她們這群漁夫沒有得利空間，糾結得要抓狂。

然而，站在食物鏈的頂端，三房第一大Boss，前教官七少奶奶慕容燦，也非常之糾結。

只是她糾結的緣故和其他幹部完全搭不上邊。

溫柔鄉乃是英雄塚。這話說得極對。

就是因為沒有溫柔鄉（快槍俠誰愛誰挾去配），所以七少奶奶成為三房最為獰猛的英雄Boss。

這大概是「時代出豪傑」的另一種新解。

七少奶奶正在思考三房攸關生死的大問題。今天，當家的大少奶奶，在探望過傷患七公子以後，狀似悠閒的和七少奶奶話了一個時辰的「家常」。

日理萬機的黛玉殼熙鳳心的大嫂怎麼會做沒有意義的事情呢？當中絕對有很深的玄機。可她這個大嫂已經到了破碎虛空的成仙境界了，可以一面感時花濺淚，一面折騰她手底下的蝦兵蟹將讓他們欲哭無淚……

講話可比打禪機，她得好好參詳參詳。

在她順著所有對話過了幾遍後，謹慎的使用排除大法，過濾出幾個重要的關鍵字……一曰哭窮，二曰妻妾。

靈光一閃，她去帳房轉了一趟，立刻水落石出。

李家是宛城首富，雖然父母在不分家，可是李家能興盛這麼久，就是對家業早有安排。每個男孩子不分嫡庶，娶妻之後都會「小分」，所有的田產莊子都是長房的，不消說，長房外的嫡子可以分幾間鋪子，庶子可以分幾間，都有分例。但所有的鋪子田莊都得交七成收入到公中，二成分給名義上的各主，一成給掌理的主管。

雖然未分家前，等於是看得到、摸不到，可就有個希望，兄弟才不會為了家產興風作浪，鬧得家宅不安。而且自己是能拿兩成的，家常用度都是公中錢，等於公然允許各房存私房錢，當然也會為自己的產業多留點心，賺了錢不但豐富了自己荷包，也讓公中寬裕，省得生些好吃懶做的不肖兒孫……可以說李家先人用心良苦。

可這用心良苦，卻在七公子身上嚐到鐵板的滋味。分給他的鋪子，收益最少，因為他只會跑去櫃上拿錢，讓老爺下死命令才斷了他這條伸手財路。但他不去當蝗蟲就很好了，還指望他多用心？別想了。多睡點作夢比較快。

可三房，所需月錢最多。大房長公子，一妻一通房三兒女。二房四公子，乾脆連通房也沒有了，兒女雙全。

三房七公子……一妻三妾十二通房。

注入公中最少，使用的月錢卻是別人的四、五倍。難怪大嫂會不高興……大概除了老太太，就沒個高興的。

長公子淡泊，但很愛當地主，那個莊子是一個又一個的生……反正將來都是他的。四公子愛做生意，自己打通了幾條商道，也是鋪子生鋪子，沒完沒了，將來也都是他的。

七公子……這個七公子……

我若是他兄弟，早八百年就把他踹出李家大門，省得帶衰。慕容燦默默的想。

除了開源節流外，她還能有什麼辦法？

她頹然的趴在桌子上，非常希望自己能夠裝死。天地不仁，以萬物為芻狗。要不怎麼會把這個小渣受扔給她呢……？她苦笑了兩聲。

七少奶奶慕容燦，非常頭疼。

因為她雖然是三房意義上的食物鏈頂端，可名義上的主子是七公子。她嘗試著問七公子能不能打發掉過多的通房……

七公子眼淚鼻涕的跪地求饒。

她真的很頭痛。

原本她還不清楚為啥一個快槍俠要這麼浪費資源……等他顛三倒四、戰戰兢兢的說完，她也無言了。

人呢，不管多麼窩囊廢，都會有那麼一個、兩個優點。

七公子的優點，大概就是心腸很軟吧……

作為一個沒啥升遷管道的丫頭，唯一的升職之路，就是成為通房，才有可能高昇成姨娘……僅僅是可能而已。畢竟李家在宛城也算得上大戶了，祖上還有人當過官。就算納個妾，也講究身家清白，丫頭這樣的賤籍還看不太上眼。

但其他公子的床可是好爬的？大公子呢，是未來家主。那唯一的通房還是大少奶奶的陪嫁丫頭，作主給他的。李家真正的戶籍還是「農」，自許耕讀世家，孩子管得很嚴。

大公子也不想生一大堆庶子庶女把家產給分散了……他可是嫡孫長房呢，哪能任著性子。

至於庶出的四公子，他之所以能挺直腰在李家生活，打造一個商業王國，得力於他多金又賢慧的娘子和娘家。他的娘子什麼都好，就是愛喝點醋。他會連通房都沒有，不是他天生聖人，而是他非常識時務。

女人嘛，喜歡的話在外逢場作戲，帶回來豈不是多耗胭脂錢，又惹娘子動棒槌。大丈夫有所為，有所不為，不自找丟臉就是有所不為的睿智表現。

相較於兩個非常有自覺的哥哥，七公子就是個好騙又好欺負的快槍俠。哭個兩聲，抱著腿哀求一下，不管有沒有達陣，七公子都認下來了。所以才造成他後宮眾多，事實上是逼他浪費資源的現象。

「……可當中有些你也沒時間照顧，與其守活寡，不如放出去。」七少奶奶婉轉的說。

「咱們家又不欠她們一口飯……」七公子不了解了，「放出去可苦得很，只能嫁些不三不四的人……說不定還會讓父母兄弟再賣一次，不就是好心辦壞事了？」

……後院都快被胭脂錢吃倒了，你還裝啥爛好人？

「我再也不出去胡混了，好不好？」七公子急了，「娘子，妳饒了她們吧……」

十二個通房，每個月四兩月錢……每人配置一個小丫頭，月錢五百。三節四季衣服和頭面賞錢……一年就快耗上百兩銀子。

一百兩啊！二十五畝良田啊！上百畝的薄田啊！

「……以後不能再有了……院子都住不下了。」她無奈的妥協。

不妥協也不行，若是打發了所有的通房，不說七公子不肯，老太太會生氣，外面的名聲恐怕也會很難聽。

最後她黜了三房的月例脂粉錢（想要胭脂水粉自己拿月錢買去），又把原本配置的八個粗使丫頭打發出去。反正二、三十個人在那兒充姨奶奶，冗員過剩，讓她們活動筋骨省得沒事窩裡鬥。

一年也省了四、五十兩的銀子，果然大嫂的臉色好看許多。

至於那些通房丫頭仗著法不責眾的掀風作浪，消極怠工，在七少奶奶親手執板子，打了幾個刺頭兒以後，立刻被強力鎮壓下來。但哪裡有壓迫，哪裡就有反抗。這些通房丫頭也不是好惹的，齊齊去向七公子哭訴，這耳根很軟的七公子甩了臉子給七少奶奶看。

雖然不敢跟少奶奶當面吵鬧，他傷好了乾脆不回正房了，每天翻牌子寵幸，比皇帝還大牌，整天和那幫子小妾通房鬼混，正眼都不瞧少奶奶。

原本感情有些微進展的這對小夫妻，立刻又降到冰點。

可惜七少奶奶忙著查鋪子的帳，非常忙，完全沒有注意到。只覺得最近的睡眠品質非常好，新被子漿得硬挺，睡起來挺舒服的。

* * *

這天，七公子和七少奶奶被老太太趕出大門。

因為他們倆成親八、九個月了，肚子還沒消息，老人家焦急了，要他們去聽說很靈驗的大慈悲寺上香。

無言的七少奶奶看著幾乎可以排成兩班的小妾們，和柔柔弱弱，頗有不勝之貌的妖孽渣受七公子。聽說七公子十二歲就識得風月，十三歲就有通房，至今三年有餘……連個蟑螂都沒懷上，她這八、九個月算什麼……？

也算老太太機靈，知道這問題絕對不會只出在慕容燦身上，所以才讓他們倆一起出門……吧？

這年頭的菩薩真忙。福祿壽都歸他們管，連小渣受的子嗣都得他們操心……可見成神成佛真沒什麼好處……老要化腐朽為神奇，氣身魯命。

她默默的上了馬車，有些擔心的看著連上馬蹬都吃力的七公子。大慈悲寺在三十里外，騎馬起碼也要個把時辰，小白渣受撐得住嗎？

萬一他在馬上栽下來，倒楣的還是她啊……

「……夫君，」她掀了車簾，很含蓄的問，「你傷才好沒多久，還是跟我同車，好嗎？」

七公子讓她這樣款款溫柔的問話，嚇得差點栽下馬。

其實，他也不是故意要跟她吵架。只是她對銀翠她們實在太苛刻了……讓她們去掃院子呢，一身塵土，起早睡晚的，還要趕針線。一時疏忽了，就打板子，還親自打……

那可都是他的人！

可奶嬷嬷卻勸他，說七少奶奶比那些小蹄子更不容易，上要侍奉長輩，下要和睦妯娌，又要管一院子的女人。現在又把三房的鋪子都接手過來，整天操勞得腳不著地……公子還這樣冷待她，可不寒了少奶奶的心？

他仔細看了幾天，果然如此。心底懊悔，可又拉不下臉。冷戰這回事，就是越拖越糟糕。越拖就越沒臉跟她說和了……

想她脾氣那麼硬，也不會主動說和。現在卻這麼自然而然的……

雖說悶了幾個月，他巴不得騎馬透透氣，但這機會是多麼難得啊！他立刻樂顛顛的下了馬，竄上了馬車。

七少奶奶瞧見他，神情很平和，只是湊過臉看，「夫君，你臉上是什麼呢……」

七公子一摸，一指的紅。心底一下子涼掉，這是誰親的，怎麼沒擦到呢……？

慕容燦卻只是一笑，用絹子幫他擦，「讓老爺子看到，可就麻煩了……別動，哎，撇更遠了……」

她平和的擦乾淨，又幫他整了整衣領，拍了拍衣服上的脂粉。「玩兒也罷了，別帶出幌子。老爺瞧見了，大家都不省心。第一個倒楣的就是你身邊的丫頭小廝，何必呢？大家都不容易。」

「……娘子，妳不生氣？」七公子低低的問。

「我該生什麼氣？」她稀奇的問。他那票小妾通房們就沒個省心的，她早就習慣了。只是要滾床單或者親熱，也等晚上去廝殺一番……白日宣淫可是非常無德的，公爹的年紀也大了，她都擔心他的心臟血管會不會有問題，這小渣受還給他雪上加霜。

「是爹會生氣吧。」

耳根和心腸都很軟的七公子，突然執了她的手，哽咽起來。「妳……生了氣，不要憋在心裡……」

「我沒有啊。」慕容燦被他嚇了一大跳，還抽不回自己的手。這小鬼幹嘛說哭就哭？淚腺太發達了吧？

七公子乾脆撲到她身上，害她後腦勺跟車壁親密了一下，頗響。「我、我……是我不好，怠慢妳……」

僵硬的七少奶奶慕容燦摸不著頭緒。有嗎？

但她是個愛老扶幼的女童軍兼教官，還是非常盡責的，拍了拍小白渣受的後背。

雖然頭皮發麻得很。

她享受著英國女王的待遇……小白渣受小心翼翼的伸手扶她下馬車。

雖然想破腦袋也想不出小白渣受今天為何如此殷勤，雖然說，她心底只因為「無事獻慇懃，非奸即盜」，而頭皮非常發麻。

可她也不忍打擊小白渣受的積極性，只是小心翼翼的應對。

一時之間，竟頗有些相敬如賓的氣氛。上完了香，添完香油錢，小白渣受還很溫柔的帶她去遊桃林，怕她爬山辛苦，還牽得緊緊的，時不時遞帕子給她擦汗，走沒三步就問她要不要喝水。

……反常即妖。要不是七公子的桃花眼眨呀眨的，一路通殺路人，慕容燦還真的懷疑是否昨晚七公子被穿了……但越看越害怕，她認真考慮七公子被穿越的可能性……

「台灣，台北？」她小心的問。

「台灣台北？」七公子一臉迷糊，「娘子，妳是想作詩？」但也沒什麼灣，這也不是北方啊。

沒有被穿。慕容燦暗呼一口氣，「呵呵，沒……妾身只認識幾個字而已，哪會作詩……」連剽竊都有困難，她沒把Google一起帶過來……

跟桃花有關，她只記得一首〈桃花舞春風〉。因為那是首愛國歌曲，他們有個老師特別喜歡，喝醉了就會吼幾嗓子。連剽竊的價值都沒有，多可悲。身邊這個小白渣受，倒是出口成章了好幾首，她不禁佩服了。

紈褲歸紈褲，渣受歸渣受，還是很有點墨水的。加上那張妖孽到雌雄難辨的漂亮臉皮，悅耳纏綿的嗓音……她都快原諒他的快槍俠了。

人無完人，誠不我欺。

人面桃花相映紅（當然這張臉皮不是指她），她心情也好了起來。難得他們倆這樣和平相處，她心情忒好，用宜蘭調唱了幾首他老大作的五言絕句，聽得七公子如痴如醉，連連叫好。

正覺得彼此的文學和音樂素養有所提升，氣氛融洽，讓她覺得終於有了那麼點古典春遊的味道時……

人無千日好，花無百日紅的悲催定律發作了。

就在他們遊覽完整個桃林，踱到一處禪院，想去討碗茶喝的時候……跟一群公子哥兒們狹路相逢。

七公子的臉孔瞬間發白，卻一個箭步擋在慕容燦的前面。

他這個時候分外懊悔。想著要跟娘子修復邦交，所以沒讓多人跟，只有個小丫頭跟來服侍。誰知道會在這佛門淨地遇到仇家……

「唷，這不是那個心狠的小兔家嗎？」一個華服公子咬牙切齒又猥褻的走上前來，「把哥哥我打得那樣，你就不心疼麼……？」

「娘子，我們走。」七公子低低的說，摻著七少奶奶就想離開。

「章哥兒，這是你的相好？」、「細皮嫩肉的，嘖嘖……哪個院的相公爺？」、「小嫩皮，別躲嘛，來讓哥哥疼一疼……開過苞沒有啊……看起來還是雛兒呢……」

「閃開。」華服公子不耐煩的推開這些狐群狗黨，「這小子是我的。非讓他生不如死不可！」

「那個娘兒們大概是粉頭吧？」、「那只好歸我們啦……姿色是差了點，可皮膚真是白啊……不知道騷不騷……」

被這群公子哥兒和惡僕圍過來，他們被逼到院門口，可和尚們跑了個精光，想來佛子也怕惡少。

七公子全身都在發抖，卻一言不發的擋在慕容燦前面。「劉子章，有什麼仇怨衝著我來就好了，不要攀咬別人！」

「兔兒爺，說話都帶顫音呢……哥哥聽了多心疼啊……」劉子章說完，整群人都哄笑起來。

但七公子沒有逃，也沒有求饒。他低低的說，「娘子，進去。趕緊找個房間躲起來……記得上閂……」

慕容燦愣了一下。默默的溜進院門……又很快的出來，手裡提著門閂。

她承認，小白渣受讓她吃驚了，吃驚到另眼相看。

他還有救呢。

用門閂隔開一只鹹豬手，她淡淡的笑了。

她前生讀軍校的時候，在數量稀少而普遍其貌不揚的女同學當中，只稱清秀的她，雖然魁梧得拿到一個「霸王花」的綽號，還是被煩得很厲害。

但升上二年級後，她的綽號變成「霸王玫瑰」，再也沒什麼人煩她了。

事實上，她很低調。讀軍校的時候，什麼空手道、跆拳道、合氣道……她沒拿過任何名次。但她參加了一個以散打為主的社團。

跟她練散打的同學、學長、學弟都叫苦不迭，來煩她的倒楣鬼每個都欲哭無淚。

她運動競賽都拿不到什麼名次，但她是個打架的天才。

可惜這具身體養在深閨太久，手皮太嫩，才得提門閂……不然哪需要任何傢伙。

她那樣柔弱無依的提著門閂，半垂著眼簾，眾惡少惡僕哄笑的湊過來。她驟然抬眼，沖天殺氣噴薄而出，像是五彩斑斕的毒蛇亮出雪白的獠牙，有種強烈的詭麗，而且非常恐怖。

兩刻鐘後，逃回去通風報信的小丫頭，帶著大批援軍到來時……只有兩個人站著。

一個是呆若木雞的七公子，另一個是柔弱提著門閂的七少奶奶。其他的人，不管是公子哥兒還是健僕，都躺在地上輾轉呻吟，非常的眾生平等。

「夫君，」七少奶奶溫婉馴良的將門閂倚在牆上，「妾身太衝動了，有失婦德……還請夫君見諒。」

「……不衝動。」七公子愣愣的說。

慕容燦輕輕牽起七公子的手，「夫君，咱們回去吧。」聲音很柔，態度很溫馴。

「……妳的手！」七公子讓掌心的濕潤驚醒過來，一掌的血，「妳受傷了！」

「擦破皮而已。」她雖然都暗暗鍛鍊身體，可是身邊的丫鬟都不給她長繭的機會，老是泡鹽水啊、去角質啊、塗油膏啊……連揮個門閂都擦破皮。

「傷得這樣！」七公子捧著她的手，「快快快！取藥來！去抬軟轎！娘子，妳不要緊吧？」說著又哽咽了。

……有救是有救，可這愛哭要怎麼救呢？

她有些束手無策了。

* * *

李七公子容錚，受到很大的震撼。

自從被自家娘子修理過以後，他知道七少奶奶慕容燦頗有一把力氣，但不知道不只是力氣而已。

她居然還是個武林高手！

即使他妻妾人山人海，畢竟還只是個十六、七歲的少年，正在度過他艱辛的青春期。每個在青春期成為青番的慘綠少年，都有個英雄夢、武俠夢。

雖然他因為祖母溺愛、父親輕視、母親無視，以至於沒有機會學武，但也不妨礙他擁有這種武俠英雄夢。要不然他也不會紈褲到帶著大批健僕在外惹事生非，就是要滿足一下豪俠的感覺。

可惜，他耳根子軟又爛好人，豬朋狗友覺得不利用他真是愧對國家社會，所以他十次欺壓百姓，有九次半是因為「兄弟」、「哥兒們」被「欺負」，他帶人去出頭……

有好處都是別人家的，壞名聲都是他擔起來。說起來不是「教父」，而是人間「聖父」，雖然非常白癡。

自從覺得這孩子有救以後，慕容燦的教官魂和教師魂雙重燃燒，熊熊滔滔，火鳳燎原寫教案。

她做了一次綜合分數的評估，非常之客觀。周邊取材上從老太太（祖母）、老爺（父）、夫人（母），下至小廝銀心、奶嬤嬤，甚至連門房、洗衣婦，都做了一次最周到全面的「家訪」。

等知道這個跟她成親八、九個月的紈褲花花公子快槍俠，居然是個熱血過度的多情聖父青少年以後……她無言良久。

孩子的教育，果然不能等。

她心底暗暗嘆息。

過度溺愛的祖母，嚴厲又不得法的父親，婚姻失敗充滿恨意轉嫁子女的母親……真是世界上最糟糕的組合。

奶嬤嬤說，七公子小時候有神童之稱，五、六歲就讀完《詩經》，七歲能詩。不能說是笨蛋……可祖母捧殺，父親打殺，母親躲在佛堂，一年見不到幾次面……

於是一個大燕朝版的不良青少年堂堂出世了。

當她用探究的眼神望著七公子容錚時，容錚也小心翼翼的研究她。

最近他們的關係和緩許多，大概是慕容燦那掌血勾起容錚憐香惜玉的柔情，雖然沒留宿，可每天都會來看慕容燦，親自上藥，裹得她的手寫字都吃力。

「娘子……」看她手掌的皮都長好了，不知道為啥，容錚心底有些黯然。以後不知道用什麼理由來尋她了……「妳、妳會武功？」

慕容燦醒神過來，有些犯難。但所謂春秋筆法，她可是用得出神入化。她淡然從容的輕嘆，「李家是少有的良善人家。慕容府……」她又嘆了一聲，無盡蒼涼，未盡之意，頗讓人玩味。

容錚愣了愣，看著比他矮一個頭的嬌小娘子。慕容燦不如容錚長得妖孽絕美，卻也娉娉婷婷，清秀可人。只是她未免過於嬌小，所以看起來比實際的年紀還年少，但眼神總是過度滄桑，不免有些暮氣。

以前他就是嫌慕容燦板著臉，活像個木雕觀音，才會不喜歡。但他從來沒去想，為什麼她的年紀只小自己半歲，會這樣暮氣沉沉。

她這麼能幹，又會武功。為什麼要活得像是肩有千斤重擔？

回想他們回門時，慕容府那可怕的規模，繁複到極致的禮數……掛著面具笑似的岳父岳母……

「慕容府……這麼難？」他低聲問。

慕容燦遠目不語，好一會兒才輕笑一聲，「現在我是李家婦。咱們家不難，就好了。」

容錚幾乎落淚，忘情的握著她的手，無語凝噎。

……會不會做過頭了？全身狂冒雞皮疙瘩的慕容燦默想。該不會作繭自縛吧……？

「跟妳比起來，我真沒用。」容錚哽咽復自傷。

慕容燦勉強笑了笑……雞皮疙瘩未退。「夫君怎麼這樣講？夫君是讀書人，不是我這種粗魯村婦。」

她和藹的和容錚聊了一會兒，小心翼翼的順著毛。青少年是世界上最討人厭的生物，也是天下最難搞的人類。只有驢子能比他們還古怪。標準打著不走，罵了倒退。只能紅蘿蔔加上大木棒，兩手準備。

既然他憐香惜玉，偶爾也該割肉餵鷹……揍過嚇過也得給點甜頭嘛。

所以，我們精明的前教官，七少奶奶慕容燦小姐，首先上的第一個紅蘿蔔，就是「示弱」之餘，拐著彎子繞暈小白渣受，讓容錚求著她教一點拳腳功夫。

「不是我不願意……」慕容燦故作遲疑，「僅僅防身，年餘就成了。但是非常辛苦……妾身不忍夫君吃這樣的苦頭。」

「我不怕苦的！」容錚挺起他不太強壯的胸膛，「以後……我保護妳！絕對不讓妳受累……」一面憐惜的輕撫她剛長出新皮的掌心。

割肉餵鷹、割肉餵鷹……慕容燦用畢生修為忍住過肩摔的衝動，正色道，「當初……師門有言，學這套功夫，即使不拜師，還是得嚴守師門誡律，不然寧可失傳，不能輕授。在我傳授的時候，很可能會……很兇，還會打人。」她一臉為難，「夫君，還是不要吧……」

充滿反骨精神的青少年，很快的掉落陷阱，拍著胸膛說完全沒問題，而且絕對不會告狀。

於是，精明的前教官慕容燦小姐，合法合理取得了體罰權。

她露出一個非常迷人的微笑，讓她原本暮氣沉沉的面容，浮現罕見的嬌豔，電得小白渣受找不到北。

那一天，她很愉快。只是這天過後，某小白渣受，再也愉快不起來。

他終於明白，「紅顏禍水」的真正意義。

＊　　＊　　＊

可以的話，她也想離婚。

可惜在古代沒有離婚這種好事情。她在慕容家的時候，唯一一個和離成功的堂親姊姊，回到慕容府，最後還是受不了閒言閒語，在精神備受折磨的情形之下吞金自盡了。

現代人不能了解古代那種階級分明、強大恐怖的社會禮教制約。她不得不學著當一個古人，甚至慶幸自己「嫁得不錯」。

實在是太多事實將她教育得非常膽戰心驚。

最少李家人都敦厚少心眼，紈褲快槍俠還尊重她這個正妻。

既然不能離婚，她也只能盡量在可能的範圍內，把那個還有救的青少年，教育得稍微好一點。

紈褲，也是分三六九等的。像劉子章那種，是最末流。真正的世家子弟才不會出這種惡少。鼻孔朝天可能會有，但都講究一個氣度和規矩。會去馬路上調戲甚至強娶姑娘的，那是暴發戶的行為，世家子弟才不屑這種作為。

劉子章不過有個側妃姊姊，講白就是個世族末流的小姐，長得好看點罷了。劉家靠這個漂亮女兒翻身，劉子章只算是狐假虎威。

任何行當到了頂尖都要講求天賦和努力，紈褲也不例外。像是唐朝大詩人李白，講穿了也不過是天地第一大紈褲。

雖然李七公子絕對成不了李白，但當個上等紈褲，那是沒什麼大問題的。

但她畢竟不是個教育學家，只是個前教官。只好從她最拿手的部分半哄半逼的馴服李七公子。

李七公子有幾大病，在她看來，就是酒色過度、無所事事，文不成、武不就，沒有任何拿得出手的本事。

然而這幾大病互為因果，使得李七公子因為自卑而越發沉淪。

首先，她要革除李七公子酒色無度的毛病。而要革除這毛病，就要讓他先連喘氣都沒時間。所謂飽暖思淫欲，就是吃飽太撐，閒過頭了，才會成天只想著滾被單。

因材施教的前教官慕容燦有間靜室。

事實上，那是她拿來鍛練拳腳的訓練室，地板是用檜木鋪的，裡頭的器械都是她從娘家帶來的，平常不讓人進入。三房上下會如此畏懼她，這靜室也有部分緣故……在打掃小婢的繪聲繪影之下，人人以為是刑室，不寒而慄。

慕容燦領著容錚進來，兩人都穿著特製的短打。第一天，慕容燦沒太折磨李七公子，只是教他一些女子防身術。在示範和被示範當中，容錚驚喜的發現，原來不用自幼刻苦練功，同樣也能拿住要害。

但是同樣的手法，慕容燦使用起來輕鬆如意，他用起來就很笨拙。

「這是體力跟不上的關係。」慕容燦淡淡的說，「當然，如果遇到會點穴、飛簷走壁的真正高手，一點用處也沒有。但是自幼練武的遇到這種神級高手，同樣要投降保命，跟夫君比起來……沒有任何優勢。但是這樣的神級高手百不及一，所以夫君主要要對付的，是絕大多數有點粗淺武功、力氣大的普通人。這樣的擒拿術，就已經很實用了。」

她粲然一笑，讓李七公子眼前一亮，「夫君好好鍛練，體力跟上來以後……說不定連我都打不過夫君呢。」

被美好遠景唬得眼前一閃一閃亮晶晶的李七公子，樂顛顛的開始了充滿苦難的訓練。

頭一天，仗著年輕和新鮮勁兒，並且慕容燦刻意放水之下，平安的度過了。但真正的苦難，是他洗過澡躺下……才發現他每一節的骨頭像是被拆開來又重新組合，痛得睡不穩。第二天，睡在書房的他就爬不起來了。

看到娘子帶著溫文柔雅的微笑，將他拽下床，他不知道為什麼，突然感到一陣陣的寒意……

這天他連澡都沒辦法洗，爬上床就昏死過去。

第三天，他說什麼都不肯去了。慕容燦先是好言相勸，然後沉默的看了他一會兒……半刻鐘的慘叫之後，慕容燦拖著容錚的腿，將鼻青臉腫翻白眼的夫君，拖進靜室，一路上溫柔的勸著，「半途而廢不是讀書人的本色。一開始是比較辛苦，熬過去就好了……」

第五天，李七公子覺得他已經在地獄的底層生不如死了。他辱罵過慕容燦，也頗丟臉的求饒過，但一點用處都沒有。他也試圖反抗，但武力值相差實在太懸殊。

雖然覺得沒面子，他還是拐著彎兒，讓他的丫頭透露風聲給家裡的大人知道他無止盡的苦難。

他的父親聽聞，只是冷笑一聲，吩咐小廝送了金創藥和一些人蔘給七少奶奶，其意不言而喻。至於他的老媽，丫頭乾脆連佛堂都進不去。

老太太倒是急了，叫了七少奶奶去「說話」，但七少奶奶溫言一切都是為了子嗣計，說得有鼻子有眼的，老太太雖然心疼，但看七少公子吃飯如狼似虎，蒼白病弱的臉孔漸漸有了血色……也只好咬牙忍心了。

「……慕容燦！」容錚終於受不了了，「妳故意折磨我就算了，連奶奶都要騙?!」

「我可沒騙奶奶。」慕容燦連眼皮都沒抬，「不要只有屁股起來……你這伏地挺身再不標準點，就多練個五百下吧……滿一個月後，你去找個姨娘試試看，就知道了。」

慘無人道的一個月過後，慕容燦終於慈悲的放了他一天假。

這個月，他被折騰的上床只想睡覺，好不容易能夠休息一下洩洩火……卻瞠目於自己的「英勇」。

莫名其妙的，洗刷了「快槍俠」的惡名。

慕容燦倒不覺得奇怪。他的兩個哥哥都有小孩，可見不是家族遺傳的精子稀少或活力不足的疾病。

青少年嘛，總是一天二十四小時發情。但別的青少年要不就讀聖賢書修身養性，要不就是沒有那個條件。

只有這個閒得沒事幹的紈褲公子，毫無節制的滾床單，家裡滾完滾外面，沒得花柳病真是祖上積德。

他這病，不用醫生都能治好。只要「節制」二字。他之前的無子嗣、快槍俠，完全是酒色過度淘空身子的後遺症。

當然，李七公子的心情非常複雜。

他不懂這些原理，被慕容燦折騰的時候，卻沒那麼不甘不願了。

畢竟，他還是個很愛面子的青少年。

一個月慘絕人寰的「新訓」後，慕容燦放鬆了體訓，維持每天早晨一個時辰的運動習慣，就開始放牛吃草了。

但她改找了個劍師來教容錚劍術。

她原本就沒打算把李七公子鍛練成鋼（他也不是那塊料），更沒打算培訓個武林高手。

自家事自家知。她這樣一個僅僅保持日常運動習慣的前教官，打打老公和紈褲惡少就已經是極限了，哪有可能從她手上培養出什麼高手。

她那枯燥乏味又充滿體罰的新訓，主要是要改善容錚的體質，並且培養出服從性和生活規律。所以她折騰得厲害，可也很注意容錚的飲食。大概是年輕，一切都還來得及，除了服從性因為討人厭的青春期，可以說，其他方面讓她很滿意。

但她密集式的新訓真的見不得光，現代的健身方式，用古人的觀點看來，實在不登大雅之堂。打了一點底子以後，還是學點大燕朝能接受的武術比較好。

自從威皇帝開國以來，大燕朝的武風很盛，士人配劍不但是禮儀，學習劍術更是風潮。她還特別選了一個劍法特別好看的劍師，應該能夠讓這青少年有機會耍得很炫。

只是他實在沒這方面的天賦，苦練了幾個月，還不如偶爾瞥兩眼的慕容燦。讓他那日理萬機的娘子，讓得非常辛苦，省得打擊他的積極性。

不過，的確有事幹以後，就不成天想著滾床單了。臉色紅潤，眼神清亮。加上均衡適當的營養，原本顯得病弱陰柔的李七公子，終於恢復了年輕人的朝氣……可惜妖孽絕美的臉孔還是無救……只是妖氛總算比較輕了。

看到成果之後，七少奶奶很欣慰。總算不用她成天盯哨，有空理一理手下幾個鋪子了。雖然李七公子三天五天就找她討教，一隻手讓他敷衍一下也就夠他躺地板了，沒有造成太大的麻煩。

可李七公子不知道哪根筋不對，開始成為她的麻煩。

理論上，既然她結束了殘酷的新訓，七公子應該愉快而興奮的奔向自由才對……但他除了練武和睡覺以外，幾乎都跟在她後面。

她納悶的想，難道李七公子得了「斯德哥爾摩症候群」？被整出癮來了？渣受就很慘了，再加上個M屬性……這樣真的可以嗎……？

更讓她擔心的是，李七公子好像不知道啥是中庸之道，老從一個極端到另一個極端。之前是成天滾被單，開始練武以後，就幾乎不滾被單了。現在他都睡在書房，偶爾去三個姨娘那兒坐坐……然後啥也沒做的回來了。

跟在她後面，老用一種令人發毛的眼神瞅著她，讓她很不自在。

「夫君，有什麼事嗎？」她小心翼翼的問。

支吾了一會兒，李七公子很男子氣概的一撇頭，「沒事！」

如此這般的跟了大半個月，李七公子終於很男人的一昂首，「今晚，我回上房睡。」

七少奶奶瞪大眼睛，她身邊的丫頭失手跌了茶盞。

「……為啥？」

李七公子用力一拍桌子，茶盞為之一跳，「慕容燦，我可是妳夫君！我回上房睡，天經地義！還需要問為啥？」然後他站起來，罵了跌茶盞的丫頭，「好生伺候著！這麼毛手毛腳的！」

一擺袍裾，更男人的大步走出去，誰也沒看出他些微腿軟。

那天晚上，七少奶奶只有一個感想。

我拿什麼拯救你……我的腰。

青少年的確是種可怕的生物。尤其是刻意禁欲大半個月的青少年，生猛得恐怖。她這麼一個維持良好運動習慣的少婦，還差點折斷腰……卻不是因為五斗米。

「……你不用刻意憋著……該多久就多久，反正我不會笑你……」奄奄一息的七少奶奶虛弱的說。

她說得很軟弱，可後果很嚴重。決意雪恥的七公子翻身再戰，越戰越勇，頗有盡雪前恥，夫綱再振的雄心。

第二天，七公子精神奕奕的起床，聞雞起舞的一整個歡快。七少奶奶卻萎靡不振，太多不常使用的肌肉和筋骨都慘遭折磨，讓她坐在靜室發怒。

七公子得意了好幾天，看到她都會挑眉，被她散打打得一塌糊塗都不會火大，心情一整個豔陽高照。

他完全無師自通了精神勝利法：武場失利不要緊，咱就在床上找回來。

為了這個偉大的目的，他使勁的憋，讓眾多妾室通房咬著被角獨守空閨，就是打算攢個十天半個月的對著七少奶奶「擂戰鼓」。

七少奶奶憤怒了。

你一個小白渣受也敢跟我擂這種戰鼓?!

也不想想是誰教出來的學生……對著師父也敢翹尾巴！

於是，七少奶奶每天在靜室發狠苦練瑜伽，把所有不常用的肌肉筋骨都練到位，非常的勤苦用功。

鹿死誰手猶未知……該誰腰疼還不知道呢。

她惡狠狠的磨了磨牙齒。

這次李七公子撐了十天。

等他雄糾糾、氣昂昂的夜宿上房……哪知道七少奶奶已非吳下阿蒙，鬥狠鬥勇之餘，不只力敵還智取，李七公子堪堪能敵而已，還差點讓蛇般柔軟妖嬈的七少奶奶提前繳械，嚇得他默背了一整本《論語》。

最後七少奶奶以「居高臨下」略勝一籌。李七公子一整個「夫綱不振」，被娘子「壓落底」了。

第二天，兩個人都腰痛得想死，可都裝得若無其事，練瑜伽的練瑜伽，練劍的練劍。只是七少奶奶的拜月眼鏡蛇式，成了拜月蚯蚓式。七公子的劍招大鵬展翅，成了顫抖的小麻雀。

痛定思痛的七公子，跑回書房掏出《禮記》複習背誦。他覺得是因為《論語》太短，嘩啦啦就背完了，才會在堅定的心智當中出現裂縫。沒關係，咱背《禮記》。特別枯燥，特別乏味，不管東西南北風，咱就是八風吹不動。

他少年好強的心完全被挑動了。

七少奶奶也居安思危了。瑜伽啦、體能訓練啦，是不能夠講捷徑的。雖然她的肉體很年輕，但心智很蒼老，實在受不了體力充沛、精神旺盛的青少年了。

她很嚴肅的對著七公子說，「夫君，《禮記・禮運》有云：『飲食男女，人之大欲存焉；死亡貧苦，人之大惡存焉。故欲、惡者，心之大端也。』」

正在背《禮記》的七公子神情古怪的抬頭看她，「……然也。」

「可見飲食、男女，基本道理是相同的。」她含蓄的說，「養生講求八分飽，男女之事，也不可太過。」

「……十天一次，太過？」七公子一整個高深莫測起來。

七少奶奶乾笑兩聲，「養生也講究定時定餐，少量多餐才是正理……不妨菜色也常換換。」

你滿院子的女人，不能去折騰別人的腰嗎？她很擔心自己的腰關節提前磨損。萬一年紀不到，骨刺到了，她找誰說理去？

「換菜色是吧？」七公子點點頭。

只是古人和現代人還是有個隱形而遼闊的代溝。七少奶奶的「換菜色」和七公子的「換菜色」，差別不只是一個馬里亞納海溝。

雖然《禮記》還沒背熟，但七公子從善如流的五天就「少量多餐」了。他的「換菜色」，完全屬於「舊瓶新酒」，換姿勢不換人。

只是參考春宮圖的姿勢，有的實在太荒唐離奇。被折騰得很厲害的七少奶奶，非常納悶，「其他沒練瑜伽……我是說沒練武功的女子，要怎麼折成這個樣子……？」

氣喘吁吁的七公子很賣力的凹到到位，「所、所以……只有娘子才配合得上呢……其、其他人可辦不、辦不到……」

那瞬間，七少奶奶湧起強烈的不爽。原本的抵死纏綿成了美式摔跤，非常標準的賞了七公子一個喉輪落。

欲求不滿又大怒的七公子撲上來，一整個妖精打架，最後帶著一個黑眼圈才得償夙願，早把愚蠢的瑜伽式春宮圖忘了個精光，傳統姿勢還是有其優勢才能亙久綿長的傳承下來。

事後雖然有點遺憾，沒有整個演練一遍。但讓娘子坐在鞦韆上試圖一杆進洞之類的……難度實在太高，而且有相當的危險性，別演練實在比較好。

床上被折騰的太慘，前教官慕容燦小姐，越來越不能保持冷靜，武場上真找足了面子。

其實她學得很雜，但最拿手的還是擒拿術。講究的是快狠準，應變迅速，前生累積了豐富經驗，不是繡花枕頭死背招數的七公子可以望其項背的。

但好強的七公子總是屢戰屢敗又屢敗屢戰，每次他殺氣沖天的說「討教」時，七少奶奶總覺得他在說「找虐」。她也就從善如流的讓他得償所願。

結婚一年後，這對夫妻的相處模式從一開始的「相敬如冰」，直接轉化成「相敬如兵」，不管房裡房外，都是硝煙四起，鬥智鬥勇又鬥力。

副作用是，七公子的體力在這半年的調整下，雖然體型沒有什麼變化，氣色一整個脫胎換骨，吃得下、睡得著，來請平安脈的大夫嘖嘖稱奇，原本幾乎要得色癆的七公子居然一整個起死回生，壯得跟馬一樣。

雖然目的很邪惡，但他認真的把四書五經背熟，居然能規規矩矩的坐在書房裡用功，讓他的父親又驚嚇又驚喜，頗有老懷堪慰之感。

（幸好他那嚴肅正直的老父不知道，他背四書五經只是為了不讓娘子過早繳械……）

老太太高興，老爺歡喜。但三房的女人都很不快樂。

妾室通房守活寡的怨恨不消說，七少奶奶慕容燦扶著腰，心情也很黯然。

性事，就像大餐。久久吃一點很好。如果五天、七天就強塞一整桌的滿漢全席……是人都受不了。

「這大概就是，」她扶額，「不患寡而患不均吧……」

但很快的，慕容燦的煩惱被迫解決了。

習慣定時定量的七公子，有回卻遭逢了七少奶奶因為不可抗力而高掛免戰牌……

畢竟「碧血洗銀槍」不但對健康有影響，而且怵目驚心。

可要七公子再熬個五天、七天的，已經規律成定律的他，實在憋不住。他最後去了柳姨娘的房。

但誰也沒想到，勤耕猛種，常常感嘆不為五斗米也得屢屢折腰的七少奶奶一點動靜也沒有，大半年才沾上一回的柳姨娘，卻懷上了。

家裡的大人都高興得不得了，連老爺都露出欣慰的笑容。雖然常恨他不爭氣，畢竟是自己的親骨肉，三房有後，這孩子才算是真正長大，有了傳承。

慕容燦以為自己會不在意……但她卻有種嗓眼哽著石頭的感覺。吐不出來，嚥不下去。她在慕容府多年成為本能的表情訓練發揮了絕大功效，她笑得如此標準，完全符合一個賢良正妻該有的反應，即使她屢屢走神，誰也沒有發現。

果然，還是要很討厭他才行。就是不夠討厭，才會有這種如鯁在喉的感覺。或許，在不知不覺中，她已經把容錚視為自己所有，才會這麼古怪。

這樣不行。繼續這樣下去，我會活得非常難過。

小白渣受，絕對不是我的。一定要死死準準的認清楚這個事實。

因為慕容燦正在加強心理建設，完全靠本能應對，跑神的厲害，所以沒注意到七公子的異樣。

對於一個初次當爹的人來說，七公子的歡喜只有初聽聞的一瞬間，之後的感覺卻很古怪。

他居然覺得惶恐，繼之發虛，甚至隱隱有點害怕。

明明他沒做錯任何事。

柳姨娘是他名正言順的妾室，擺過桌請客開臉的，又不是花街柳巷的風塵女子。

但他心虛，虛得那麼厲害，甚至有些胃痛。

為他生兒育女那樣的理所當然，他根本不該覺得發虛。

他望著慕容燦，看她那樣端莊賢淑的微笑，比尺量還標準。以往他們目光相接時，他總會故意挑了挑眉毛，笑得很壞，他那大家閨秀的娘子，會很不閨秀的翻白眼瞪他。

可現在，他們目光相接了，他挑眉，慕容燦的眼神卻直直的穿過了他，沒有焦點。

他的胃更痛，徹徹底底的害怕了。

明明他沒做錯什麼。明明娘子沒動手的打算，既不會揍他，看起來也不會罵他。

可他害怕發虛得胃很痛很痛。

他故意誇張的挑眉，挑釁的笑。慕容燦的眼神終於聚焦，卻垂下眼簾，依舊掛著無懈可擊的笑。

這個時候，七公子倒寧願她破口大罵，又哭又叫，惡狠狠的收拾他一頓，甚至綁在床上打他屁股都好。

不要是這個樣子，別掛著那種討厭透頂的笑。

這個時候，他突然覺得這一切都很厭煩。柳姨娘很煩，她懷的那孩子，更煩。

但最讓人煩到厭惡的……卻是自己。

本來一切都好好的，好好的。熬過地獄似的新訓，他開始覺得日子很簡單又很有趣。他開始像個俠客，能夠跟娘子過幾招了。雖然常常被她嘲笑，被修理得很慘，可每天都有進步。

他那規規矩矩的娘子，果然只有皮是賢良的。跟她在一起多麼好玩，充滿刺激。在武場那麼威風凜凜，在床上是那樣媚人……雖然是兇悍的媚人。

可現在……都不好了。

「……阿燦。」他提心弔膽的輕喊。

慕容燦退了一步，很嚴肅正經的回他，「夫君。」

果然一切都不同了。明明她已經開始喊「阿錚」，現在卻狠狠地拉遠了彼此的距離。

「妳生什麼氣？生什麼氣？」容錚對她吼了起來，「那不是我的錯……那不是誰的錯……那是應該的，應該的！」

慕容燦沒有發狠的揚起她秀氣的眉，反而低眉順眼的後退一步。「夫君何出此言？妾身可是那般惡毒的妒婦？夫君有後，自此開枝散葉，子孫綿延，妾身歡喜都來不及，怎麼會生氣？」

表情、言語、姿態，都是這樣得體，這樣守禮、規矩。但他恨極了，生氣透頂。一把抓住她的手，卻沒想到慕容燦一點抵抗也無，讓他摔倒在地。

容錚愣住了。看著撫著手臂，皺眉不言，坐在地上的慕容燦，湧起一股強烈的難過和委屈。

「我沒有錯，我沒有錯！」他對著慕容燦吼，然後轉身逃跑。

他不是害怕挨揍才跑得這樣快。實在他不想讓慕容燦看到他滿面的淚痕，實在他不知道該怎麼處理和面對……連自己都沒搞懂的心情。

＊　＊　＊

七少奶奶慕容燦，有了新的煩惱。

關於如鯁在喉的討厭感，她倒是很快就平衡過來。只是柳姨娘非常勇敢的衝撞她的平衡。

她能體諒孕婦喜怒無常，感情豐富又任性。不過這個孕婦的脾氣，應該是她倒楣的老公該承受的，不應該是無辜的慕容燦。

但李七公子容錚，自從跟她發過脾氣以後，故態復萌，早上草草練過劍後，就跑得不見人影，整天在外逛盪，身邊只跟一個銀心。

古人雖然不知道「能力越大，責任越大」的真理，還是很本能的逼慕容燦當蜘蛛人。

就因為她是三房的Boss，所以柳姨娘的事情，都得歸她處理。包括柳姨娘的孕婦脾氣和恃寵而嬌。

吃了甜的要鹹的，吃了酸的要辣的。一下嫌被子太薄，一下子嫌褥子太潮。兩個多月還沒顯懷呢，就每天很驕傲的扶著腰，在院子裡逛過來逛過去，行動都要人扶了。

幸好這不是慕容府。慕容燦默默的想。要不是家風淳厚的李家，擱在慕容府的任何一個院子裡，柳姨娘不要說生了，連自己的命都可能沒有。

不過，咱們這位七少奶奶，骨子裡還是尊重人命的前教官。即使被整得很生氣、很煩，也沒草菅人命的衝動。只是院子裡女人多，天天來告黑狀，讓她更煩。

但是老太太把她叫去敲打了一番，結果柳姨娘還真成了她的責任。她頭疼很久，終於怒了。

「去告訴她，」她轉頭吩咐陪嫁丫頭嫣紅，「她不會永遠帶著肚子裡那塊肉，將來日子長久著呢。鬧什麼？鬧得上扶正？除非她能坐完月子又懷上，一輩子肚裡都有塊肉，不然就消停些，別沒事尋釁。」

她不知道嫣紅有沒有加油添醋，不過柳姨娘砸完了房裡的所有擺設，病哼哼的倒在床上，說她著了氣惱、動了胎氣。七少奶奶迅雷不及掩耳的把大夫找來，最後乾脆請他住下，照三餐請平安脈。

醫生說，她壯得跟牛一樣。

老太太敲打她，作為一個中階主管，自然把三房的女人都集合起來轉嫁壓力。柳姨娘平安生下小孩最好，萬一有個不是……她不介意裁撤三房所有的妾室通房，行使正妻的「妾室罷免權」。

「大夥兒也知道，」她皮笑肉不笑的說，「咱們三房收入最少，脂粉錢耗最多。和和稀泥，將就過吧。惹動我的脾氣……我也不介意當回妒婦。再說要當妒婦，一個也是賣，十五個也是賣，我不如一次除舊布新，再給相公買好的新人就是。」

她在院子裡集合演說，瞥見柳姨娘的房門半開半掩。冷笑一聲，她高聲說，「別以為生了孩子就沒事兒，生完扠出去賣了，我也不是第一個！」

柳姨娘的房門倉皇的關上了。

但平白挨了這頓連坐法，姨娘通房們自然不甘，私底下小動作不斷。就有姨娘悄悄的遣小丫頭去二門等，逮住神龍見首不見尾的七公子哭訴。

可向來憐香惜玉的七公子，暴躁的罵了小丫頭，揚言再這麼挑撥離間，乾脆都賣了省心。

得到名義上的主子支持，姨娘通房才悚然以驚，再次確認了七少奶奶慕容燦的英雄首領Boss的地位，再也沒人敢挑戰了。

自此，三房院子才徹底消停下來，不再抽風。柳姨娘也不挑吃揀穿，安安分分。

聽了嫣紅的報馬仔，慕容燦只顧出神，卻沒露出什麼喜色。

她應該高興的不是？小白渣受雖說和她吵架，卻也是支持她的。古今皆然，一個女人在家庭裡能不能挺直腰，都取決於丈夫的態度。

小白渣受有很多缺點，讓她常常感到無力……像是窩窩囊囊的爛好人這點。現在這麼決然……她卻難過了。

以前的渣受，把人當人。就是心腸太濫好，所以才會庇護這麼多居心叵測的女人。但現在……現在。現在他把這些女人，視為可以買賣的商品了。

開始分三六九等，開始硬了心腸。開始……長大，越來越像一個古代的男人。

她隱隱的感覺到悲傷。但他會這麼無情，會和她吵架……她卻不敢去深想為什麼。

不敢想，不敢去想。想了就萬劫不復了。

她心情越來越低盪，乾脆外出巡鋪子，把心思擺在三房產業上，把自己弄得很忙很忙。

做生意這一塊，古今不同，她沒什麼優勢可言。但用心在什麼地方，還是會有成果的。

以前掌櫃們雖然用心勤懇，但遇到大事根本沒人主張，結果越做越保守。七少奶奶接手以後，殺伐決斷，處事明快，像是終於找到中心骨似的。再說，七少奶奶從來不插手鋪子內部的事務，卻循著慕容家的關係，尋了更便宜卻品質更高的貨源，讓三房的布莊、繡坊，一整個大提升。

掌櫃們對這個閨秀大度的七少奶奶真是崇敬萬分，既然七少奶奶虛心求教，掌櫃們自然知無不言、言無不盡。

這也是頭一回，慕容燦考慮到「和離」這件事情。

她以前把婚姻想得太簡單，把自己評估得太出塵。雖然內在蒼老，但她還是個女人，感性遠大於理性的女人。

是的，她害怕了。她害怕根本承受不住古代的後宅爭鬥，她沒有自己想像的漠然和堅強。

但她不想變成堂姊那樣，就得自己能自立。只是在大燕朝自立，是多麼不容易。

可沒等到她想出該做什麼生意好自力更生，跟她嘔氣的七公子倉皇的衝進上房，一把攢住她的手，「阿燦……妳幫幫我。只有妳能幫我了……」

她想甩開，卻瞥見容錚的指甲縫……有沒洗乾淨的血。

「俠以武犯禁！」她厲聲，「我明明跟你說過，教你是給你防身，不是……」

「我沒有！」容錚吼了，拚命壓抑住顫抖，低聲說，「阿燦，幫我。」

慕容燦握緊拳頭，拚命壓抑暴打他一頓的衝動。但她還是決定，信他一回。

「走。」她站了起來。

她絕對想像不到，小白渣受居然把她帶到紅燈區。

若不是她是個賢淑溫柔的淑女，前世今生都咬斷齦牙在外給足男人面子……她不排除把小白渣受六馬分屍的可能性。

但她更沒想到，小白渣受把她帶來青樓，卻是把她帶來見其他男人……都快要變成屍體的男人。

「……他是誰？」慕容燦凌厲的瞪著容錚。

扭捏了好一會兒，容錚低頭，「……我不能說。」又焦急起來，「阿燦，他快死了……妳一定有辦法對不對？」然後滿臉期盼的看著她。

我當然知道他快死了。我都看得到他的臂骨突出皮表了。

「……二叔名下有個棺材鋪。」慕容燦含蓄的說。容錚他二哥真是商業奇才，啥錢都想賺。從官辦民營的官牙，到葬喪禮儀的棺材鋪，包生包死的。

「不、不行！」容錚拽著慕容燦的胳臂猛搖，「妳一定有辦法對不對？阿燦，妳什麼都會……妳先幫他點穴止血吧！再流下去一定會死……」

「你哪隻眼睛看到我會的？」慕容燦怒了，「你跑回家拽我來幹嘛？你要做的是找大夫吧?!」

「……大夫叫我準備後事。」

「很睿智。哪個大夫？以後我有病要找他看。」

容錚用力甩開她的手臂，「不要胡說！妳才不會、才不會有什麼病！」

慕容燦張嘴想罵他，看他一臉的淚，還是吞了下去。她湊上前，俯瞰那個死了七八成的男人，越看越皺眉。

失血過度，下臂骨折凸出皮表。半裸的胸膛縱橫著傷口，看起來像是劍傷。兩腿淋漓，青紫相疊。

大夫居然沒處理傷口就跑了。大概是怕擔干係吧……？

瞥見旁邊剪破的中衣，慕容燦的心沉了沉。她生在錦衣玉食的慕容府，看過太多好東西。又掌了一陣子的三房鋪子，對於紡織品眼光更毒辣。

那件沾滿血污的中衣雖然不起眼，卻是棉絲混紡的。在這個時代混紡是門獨特的技藝，而且只有皇家貴族才穿得起。

慕容府雖然和皇室的血緣已經很遠，到底也同宗。都沒資格穿這種混紡衣料。很糟糕，非常糟糕。

「你去和氏玉鋪。」一面紮止血帶，慕容燦轉頭說，「請老掌櫃來一趟。他當年隨我祖父出征……是個高明的軍醫。」

她嫁過來沒帶什麼人，祖父囑咐過她，真有什麼事情，去請和掌櫃幫忙。沒想到頭回上門，居然是為了一個她都不認識的人。

容錚跑出去吩咐，她快手快腳的紮完止血帶，順便把傷患的零碎東西收起來，特別收掉那件會漏餡的染血中衣。

她甚至收到一只皇子才會有的玉珮，不知道該哭還是該笑。

容錚跑回來，看到她在收東西，全身一僵，「妳……阿燦，妳不能收他的……」

「笨蛋！」慕容燦沒好氣的說，「你都不能說他的名字了，都知道要把他藏在青樓了，難道還留線索給人知道他是誰？」

「……和掌櫃不是慕容府的人麼？」他怯怯的問，「反正是自己人……」

「不是。」慕容燦嚴厲的打斷他，深吸幾口氣，將火壓下來，「慕容府和李家不同……很不同！待會兒我說什麼，你都應下來就對了。」

沉默了好一會兒，容錚才虛弱的應了一聲。

「……你去哪兒撿到這麻煩？」慕容燦還是問了。

支吾了一會兒，「他帶人去宛城山打獵。我剛好跟……跟幾個朋友去、去那兒練劍……」

「比劍吧？」慕容燦扁眼了。

容錚安靜了，很不服氣的抬頭，「我可都贏的！」

打贏一群四體不勤的紈褲子弟有什麼好得意的?!

「就碰到了，切磋了一下。」容錚咽了咽口水，小心翼翼看著慕容燦的臉色，「就、就聊得來，小王……他邀我今天也去。可我遲到了……」他的聲音越來越小，「趕去的時候，全、全死了……我在路邊的草叢找到他，因為他還有氣，所以……」

太糟糕了……糟糕透頂。不但糟糕，她都嚇到了。

差一點點，只差一點點……這個白癡弱智小白渣受也成了死人堆的一個。

「誰都不能講。」慕容燦咬牙切齒，「死也不能說！」

「我知道我知道！」容錚拚命點頭，「所以……我只跟妳說呀……連銀心都不知道……」

這個時候，慕容燦才發現，自己在顫抖，抱住自己雙臂，還是壓抑不住。

這個笨蛋，差點就死了。

和掌櫃來的時候，大吃一驚。慕容燦已經穩定下來，苦笑著說，是容錚沒輕沒重的，跟人爭風吃醋差點惹出人命。

和掌櫃神色不變，卻更盡心盡力的醫治。為了慕容府的榮譽，他不得不如此。還是含蓄的說，雖然保住了命，但在這樣的地方養傷不便，提議接到他家裡去。

慕容燦當然沒答應。被冤屈得很悶的容錚說，城外有個小莊子，是他祖父當年閑居所在，安置在那兒就好了。

和掌櫃還把自己的馬車讓給他們，省得亮著李家家徽的馬車在這青樓出入，惹出更多不是。

他暗暗嘆息，燦小姐怎麼就嫁了這樣一個紈褲夫婿？將來可怎麼過唷……

也是和掌櫃的仔細，誤打誤撞的讓他們出得了城。

慕容府，普世上品世族，三部六院子弟眾多，甚至曾經抛撒過血，擁過重兵。但官拜大將軍的慕容老太爺，邊亂一平，立刻解兵符奉聖，自乞骸骨。

知進退，審時謹慎，這才成就第一世家的威名。

即使在偏遠宛城，聲名依舊如雷貫耳。嚴厲搜查的城將，也只是略微掀起車簾，連正眼都不曾看，就放行了。

慕容府的馬車，肯給你看看是給面子，真的去搜檢，叫做給臉不要臉，智者不為。

去打探消息的銀心跑回馬車，低低的說，「公子、少奶奶……聽說楚王叛亂兵敗逃了……城裡城外正在大翻特翻呢……」

容錚的臉色變得很難看。慕容燦心知肚明，鼓勵的握了握他的手。這才發現，自己的手早已冰涼。

「……妳回家去。」容錚摩挲著她冰冷的手。

「來不及了。」慕容燦淡淡的說，「你插手的時候，李家就脫不了關係了。」

「我是說，」容錚聲音顫抖，「妳回慕容府去。」

慕容燦抬眼看他，似笑非笑的，「你要休我？」

「不是！」容錚用力掐了一下她的手，「妳不懂！我……我……誰都不敢惹慕容府。妳會沒事……一定會沒事……」

笨蛋，白癡，惹禍精。

但她也無法解釋的，心底一寬。趨吉避兇，人之常情。但有些什麼，比常情還優先。

如果他令馬車駛回宛城，將這人交給知縣……或許她不能說容錚錯，但她絕對不要跟他過日子了。

沒辦法，我就是個道德魔人。慕容燦自嘲的想。道德觀高於愛情。小白紈褲渣受她能夠忍受，但人格卑劣、違背良知、不得善終……跟這種人的呼吸混在一起都成了侮辱。

是非大義，不能含糊。

「……他沒有造反。」容錚偷看她嚴肅的臉孔，「誰會帶十來個家將打獵造反？難度很高……」

「宛城離京城也很遠，我知道。」慕容燦語氣平和。

「而且，他、他不可能……」容錚更小聲，「他有一半蠻族血統……不可能……」

「但他會帶兵打仗。」慕容燦輕輕一笑，朝京城方向一拱手，「是那位最鋒利的刀。」

然後他們沒再講話，只是護著昏迷不醒的楚王。

情勢演變於此，容錚實在不放心了。他求慕容燦留下來照顧楚王，自己回去唬爛祖母和父親。

既然慕容燦抹黑他抹得理直氣壯，他也樂得禮尚往來。總之，他隱約的說，柳姨娘有孕，七少奶奶鬱結成疾，他也覺得自己把庶子生在嫡子之前，混帳得很，所以陪著七少奶奶去莊子上住一陣子，也好專心溫書，好參加明年的科考。

不得不說，小白渣受也是有智慧的，可惜都拿來唬爛他的祖母。老太太被哄得找不到北，不但承諾親自照顧柳姨娘，還答應他和七少奶奶的避暑行。

老爺一直覺得慕容少奶奶是他最得意的兒媳，照例對容錚吹鬍子瞪眼睛，要他多聽聽七少奶奶的勸，就放人了。

於是，李七公子平安過關，瞞住了家裡所有的人。一直到很久以後，老爺和老太太才知道，一家子的腦袋，別在這死小孩的腰帶上晃啊晃，如此之久……

很小白、很渣受的李七公子，出於一種他自己也不知道的理由，非常盲目的相信七少奶奶。

他的確耳根很軟、很爛好人，但是別人說的話和七少奶奶起衝突，七少奶奶的聖諭是高於一切準則的。

坦白講，他自己也有點糊塗了。到底是因為怕她才生出崇拜，還是因為愛她才會怕她……甚至他也不知道，是把她視為「娘子」，還是「大哥姐」。

不過遇到他感到棘手心慌的事情，問她準沒錯。

你瞧，她自己說不是大夫，沒辦法。可還不是找到最好的大夫，把重傷殆死的楚王醫活了。這樣掉腦袋的大事，她也沒有罵，反而支持他。

她不肯回慕容府呢……

是不是，是不是……她不只是官方說明的七少奶奶，而僅僅是，特別是我的阿燦呢？

這種想法讓他臉紅心跳，不敢去細想。

「走什麼神呢？」慕容燦輕喝，「去催一下熱水。然後認真點唸書吧……爹最近可能會考你。」

「欸～？」容錚跳起來，「爹為什麼要考我？妳為什麼知道？」

「你不是說要靜心讀書考秀才？」慕容燦往藥爐添了一點炭，「你想在這莊子混下去，楚……楚公子的性命如何，可取決於你的成績。」她挑了挑秀眉，「七公子，你能善始善終嗎？」

「……當然！」他用力挺了挺胸膛，「別小看我！」

「我從來不曾小瞧你。」教官魂浮現的慕容燦回答，「讓我整得那麼慘，你也是堅持下去了。我知道你可以……我還等著你掙副鳳冠霞披給我呢。」

……妳是認真的嗎？容錚驚愕的看著她，眼眶漸漸的紅了。

他其實考過秀才的，卻慘遭名落孫山。那年他十三歲。大概是期待越重，失望越大。經過這次打擊，所有的人都對他失望了，漸漸沉淪到絕望。

讓他畏敬崇慕的娘子，卻相信他。

「萬一考不上呢？」他很小聲的嘀咕。

「你才十七歲欸！」慕容燦笑了起來，「而且科考也不是很公平，四成要看門第。以前你會失利，大概是門第吃了虧。現在……門第一定沒有問題了，所以你要用功點，才學不要出問題就行了。」

娘子說沒問題，一定就沒有問題了。

他鼓足勇氣，蜻蜓點水的吻了一下慕容燦的頰，立刻轉身落荒而逃。

撫著自己的頰，慕容燦呆了好一會兒。她清了清嗓子，拍拍自己臉頰，趕緊把心神都集中在當護士的偉大志業中。

* * *

隔了三天，楚王才清醒過來。

他運氣不錯，雙腿受了那麼重的傷，卻沒把骨頭打斷。右臂的脫臼，也恢復得很快。只是左臂的骨折比較麻煩，沒有幾個月的休養，是好不完全的。

容錚是個爛好人，但他實在沒有護士的天分。為了避免他謀殺傷患，慕容燦全程照顧，裡裡外外的事情都交給容錚。他要唸書又要接送和掌櫃，打理內外。

不得不說，「信賴」是一種很強的力量。就因為慕容燦信賴容錚，所以容錚雖然有些笨拙，但的確沒讓他們缺衣少食，甚至還管得上鋪子的事情，還每天唸書唸到很晚。

因為楚王的存在實在是一種不能明示的禁忌，到現在莊子上的奴僕，還是相信了和掌櫃。但為了不橫生枝節，楚王是慕容燦親自照料的。

這個古銅色皮膚，容顏宛如岩石雕刻的男子，有著驚人的恢復力。只比容錚大五、六歲的皇子，很小就被扔到軍營裡頭磨練。他的封號不是因為身分，而是他一刀一槍，用敵人的骨與血，堆積起來的。

他的眼神很冷，像是金屬鑄造，當中沒有任何感情。話很少，安靜的接受慕容燦的照料，幾乎沒有表情。

慕容燦納悶了。

即使兩代為人，她甚至曾唸過軍校。但她一直生於和平、長於和平，從來沒見過身有硝煙血戾的軍人。

現在終於領教到了。

但楚王和容錚根本是天南地北、八百竿子打不著的兩個人……怎麼可能相談甚歡、合得來？

可容錚來探楚王的時候，金屬般的瞳孔，的確溶解許多冰冷，幾乎算是有情感了。作為一個俊美得非常妖孽的紈褲公子，有時候真的有些天真。他喋喋不休，噓寒問暖，又自問自答的自得其樂，時不時冒出幾個笑話和詩詞。

卻也小意體貼，絕口不問他為何被通緝，只是保證他在此非常安全，安心養傷就是。

等鋪子的掌櫃來送帳，他才風風火火的告別跑掉。慕容燦發誓，雖然幅度很小，楚王大人真的笑了。

「……妳有一個很好的相公。」楚王嘶啞的說。這可是這段日子以來講得最長的句子。

慕容燦端著藥碗，啞口無言了片刻，含糊的說，「某方面來說，是不錯……」她一調羹一調羹的慢慢餵藥，看著楚王漸漸凝固的神情，她微微一笑，「很令人羨慕，是不？」

楚王凌厲的逼視過來，沒想到這個長得嬌弱的小娘子神情坦然，還不畏懼。

僵持了一會兒，他張嘴，喝下一調羹非常苦的藥湯。

「是。」他說。

楚王坐在廊前晒太陽，慣常的漠視疼痛和痲癢難當的左臂。

他的眼光不自覺的追逐著慕容燦。她正在小院裡晒被子。這個小院，除了這對小夫妻和大夫，少有人進出。許多事情得讓那個嬌弱的小娘子自行處理，有時候容錚會來搭把手……只是很難說是幫忙還是製造災難的。

但這個嬌弱的小娘子，卻常常讓他覺得驚奇。明明是慕容家嬌養的貴族千金，卻能多鄙事……手腳乾淨俐落，什麼都來得。打掃、服侍人，甚至還能做手好菜。

那麼嬌柔的氣質和線條……行動間卻颯爽明快。

在他意識到之前，已經隔著床帳，不自覺的追逐她朦朧的身影和容顏了。

就像……母親家鄉的深夜胡笳。豪壯又婉約，讓人忍不住伏枕傾聽。

遠遠的追逐著，用目光追逐。

小院讓她晒得花紅柳綠，穿著湖水青的容錚，顯得特別惹眼。他在笑，笑得那麼令人羨慕，無憂無慮。對著慕容燦拚命揮手，非常開心的說些什麼。

慕容燦也在笑，突然對容錚吐了吐舌頭，然後搖頭。

容錚扯著她的袖子哀求，最後抱住她，低頭吻了她。

絲綢被褥風翻紅浪，他們的身影也忽隱忽現。

很美。但美得讓人心酸……非常心酸。讓人羨慕，非常羨慕……卻羨慕得酸苦。

他悄悄的站起來，走回房裡躺下，閉上眼睛。

「喂！」慕容燦按住容錚不安分的手，「得寸進尺了你！」

容錚不甘不願的停手，依舊留戀的按在她柔軟的胸口，「爹誇獎我呢！妳總得給點甜頭吧……」

「誇獎的是你，為什麼我要給甜頭？」慕容燦朝他翻白眼，不過也好奇起來，「爹誇獎你什麼？」

容錚挺了挺胸膛，很神氣的說，「我考得可好了，爹都沒得挑剌了。他說我孺子可教哩！」

……這也算誇獎？先生你的標準會不會太低了點……？

「再說，我這麼拚命還不是為了妳的鳳冠霞披？」他的手不安分的蠕動，「妳說說看，該不該給點彩頭……」

慕容燦將他推開，豎起中指。

容錚不太懂這個手勢的意思，不過慕容燦含糊的解釋過不是啥好話。他涎著臉猴著慕容燦，非常孩子氣的扭。

「放手！」慕容燦又好笑又好氣，「都要當爹的人了，還這什麼樣子……」

一觸及這個話題，兩個人都僵了一下。

「你有沒有……」慕容燦問到一半，被容錚很兇的「沒有」打斷了。

慕容燦想掙脫，容錚卻手腳並用的纏上來，很任性的往地上一坐，死都不放。

「幹什麼？放手！」慕容燦低喝。

「不要不要不要不要！」他死皮賴臉的把臉埋在慕容燦的頸窩，「說什麼都不要！」

沒有別人，只有他和阿燦……原來這麼好。原本他心事重重，總怕被人發現，招來抄家滅族之禍。但和阿燦在一起……只和阿燦在一起，他卻覺得沒有什麼。

阿燦對他笑的時候，整個世界都明亮了。他覺得什麼都辦得到，什麼都不可怕。

因為那麼神氣的大哥姐，溫柔的對他笑了啊。

這樣，真的走得掉嗎？慕容燦心底有種悲愴的茫然。

這算不算師生戀啊？還是特別絕望黯淡的那種？竭力避免，卻還是沒能避開來。

怎麼辦呢？

「你別亂摸……放手！」她真的生氣了，「碰過別人不要碰我！很髒！」她終於還是沒忍住。

「我沒有！」容錚悲憤莫名的說，「妳都不知道我憋得多難過……妳只讓我親，都不肯……」

「那柳姨娘肚子裡的孩子怎麼來的?!」慕容燦發怒了。

容錚本來想爭辯，卻覺得貼著慕容燦的臉孔，有些濕潤。他離遠些，愕然看到一直都那麼神氣的阿燦，滿臉潸然的淚。

他很想說，我沒有錯。但面對她的淚，就是說不出口。

很難受很難受，可卻也很高興，高興到狂喜了。是我的，我的阿燦。

「我錯了。」他小心翼翼的說，掏絹子幫她擦眼淚，「以後我再不敢……可不可以？妳信我一次看看……好不好？」

「我不要！」慕容燦很兇的搶走手絹。

「別這樣啦……我若再犯，妳打我好了……隨便妳怎麼打，我都不會反抗，如何？」

「我就是不要！」慕容燦更兇狠的說。

「阿燦，好啦……別說不要……」

「我要休了你！」

「我會放火燒休書。」

「你敢!?」

「……雖然很害怕，還是得燒啊，阿燦……」

小白渣受七公子容錚學到了一點。阿燦哭的時候，一定要趁勝追擊。攻無不克，戰無不勝。

只是庭院還是有點冷，幸好晒了被子，不然還真是磕得慌。

＊　＊　＊

傷到臂骨凸出皮表的楚王，只花了一個月，就可以拆夾板了。

說有一半蠻夷血統是騙人的吧？他老媽應該是外星人或異形之類的……這大燕朝的皇帝，守備範圍真遼闊，乾脆邁入宇宙科幻的境界……慕容燦默默的想著。

因為老爺親自月考的結果很滿意，常常差人叫七公子帶往拜客。大燕朝的科舉制度還不太完備，慕容燦私底下都說是燕版推甄。

分為「推舉」和「科考」兩大部分。推舉主要是先詳查世家譜，或者世族家主推薦，這部分的評分占四成。科考就像聯考一樣，有很多科目，但只有策論才能為官，其他只能為吏。

大部分的讀書人，都瞄向「秀才」、「舉子」、「進士」這樣的天梯。因為從這條路上去的，才能為官為宦。

這樣的制度當然漏洞很多，跑關係走後門屢禁不絕。即使已經得到慕容家主推薦的容錚，老爺還是不放心，帶著他到處拜會學官，非常慎重其事。

本來容錚是不想去的……可一來，他實在害怕老爺，二來，他老爹說，他若乖乖去拜客，不要整出什麼麻煩，就同意他繼續在莊子住下去。

七公子容錚，只好不甘不願的出門了。加上內外家事家業，更忙得不可開交。

七少奶奶慕容燦，卻有點悶。

楚王都拆了左臂夾板了，走路有點不利索，但大致上的傷痕都收口了。身為一個不專業護士，理論上應該比較閒了，可事實上並非如此。

以前是小白渣受跟在她後面充當小尾巴，現在換了無口面癱冰山型的楚王，待遇並沒有比較好。

除了上廁所洗澡不跟以外，楚王默然無語的跟在她後面，連廚房都不例外。

讓她精神緊張的暗殺沒發生，但楚王這樣緊迫盯人，讓她有些發毛。

不過他實在太安靜了，安靜得常常會忽略他的存在。只是慕容燦做菜時，他會氣勢強大的盯著，即使精神面如斯強大的七少奶奶也倍感壓力。

「……想學做菜？」她純屬沒話找話轉移壓力。

讓她萬萬想不到的是，面癱楚王點了點頭。

早說嘛，幹嘛那麼陰陽怪氣兼殺意縱橫？七少奶奶暗暗鬆了口氣，心底翻了個白眼。

反正閒著也是閒著。她原本就喜愛廚藝，只是世家小姐和少奶奶都不適合在廚房裡薰油煙。好不容易有了這樣自由自在的時光，她也就很得樂且樂的鑽在廚房裡玩那些柴米油鹽醬醋茶。

既然高貴的楚王也想學這雕蟲小技，無償勞動力不利用就太傻了。

於是好不容易找到空閒回家的七公子，就看到這樣詭異的狀態：他家神氣的阿燦和更神氣的楚王，蹲在廚房裡，一人一個蘿蔔的削皮。

「楚……楚公子。」他露出燦爛若春花的笑容，眉眼都深沁歡意，「啊啦……我家阿燦真不像話，哪能讓您做這個……」

冰山又面癱的楚王，冰霜融化了好些，嘴角噙著很微的笑，眼神柔和，「阿錚。」他看了看手底的蘿蔔，「練手腕。」

「也對喔……」容錚恍然大悟，「這樣好得快！可不要太累了……」

這次楚王的笑就更深更粲然，一整個風光明媚起來。

拎著蘿蔔的慕容燦睜大眼睛，看著嬌美如花的容錚，和剛強威猛的楚王……

小白妖孽渣受V.S.冰山面癱強攻。

這是多麼和諧又多麼詭異的大燕朝斷背山啊……

等她被容錚拽到門口，才打滅她過多的妄想。因為這小白渣受正在擰她的腰，十二萬分之不規矩。

「幹什麼你！」慕容燦在他手臂掐了一把，「嘖……你該不會是都可以那種吧？」

「什麼都可以？」容錚茫然了，「娘子，我好幾天沒瞧見妳了……想我不？」

「哪有好幾天？」慕容燦一整個鄙視，「也才一天一夜……你跑回來做啥？不是要去個三五天？」

「圖大人家在附近……我趁他們聽戲的時候跑出來的。」他攬著慕容燦的腰扭了扭，「等等就得回去了。真討厭，人家……」

「閉嘴！」那句「人家」讓她雞皮疙瘩瞬間暴漲。她懷疑的上下看，「你坦白講……你是不是……是不是……也喜歡男人？」

愣了好一會兒，容錚才聽懂了。他滿面通紅的怒容，「爺是男子漢！爺只喜歡女人，特別是、特別是……」漲紅了臉，他也沒好意思說出口，只好把拖她出門簾外，堵了這女人的嘴。

楚王的目光一直追隨著他們。從容錚到慕容燦。直到他們出了門簾，還是可以看到兩個人纏綿的影子。

這麼柔軟，這麼甜美的感情。這樣的陌生，讓他覺得古怪，羨慕之餘，還有一點點恐懼和失落。

心不在焉的繼續削蘿蔔，直到將自己手指也削破，血流了出來。他漠然的看了看，知道不危及生命，就繼續削下去，鮮血把白蘿蔔染得沁紅。

痛？當然。但是他早就學會和痛苦共處。

慕容燦很漂亮。容錚則是……很美。但這不是讓他移不開目光的主因。

他有很多女人，每一個都很美麗。有的是皇帝賞的，有的是皇兄皇姊賜下的，都不容他說不。他也跟她們上床，但事後只覺得疲憊……心很疲憊。

這些女人，沒有一個是他的。她們各有各的主人，定期向主人彙報他的點點滴滴。

他都知道。

但他並不想觸怒那些女人的主子，所以裝著不知情。

他很早就學會了，不要說話、不要去看、不要去聽。所以他這個有著一半蠻夷血緣的皇子，才能平安活下來。

他喜歡容錚坦白得囂張的眼睛，也喜歡慕容燦微帶厭倦卻又睿智的眸子。

特別是慕容燦。

她的頸線，很柔美。

「阿錚趕時間，來不及道別了。」髮髻有些凌亂，嘴唇略微紅腫的慕容燦發窘的進來，「他要我跟楚公子致歉……」她的聲音越來越小，錯愕的看著他的手。

楚王點點頭，恢復凝固般的容顏，專注的削著蘿蔔。

「夠了。」慕容燦走過來，取走他的小刀。楚王跟她掙了一下，才放手給她。

「……你不痛嗎？」她大聲了，審視著他差點削下一塊肉的手指。

「還好。」他漠然的回答。

「你別動！」慕容燦難以相信的看了他一眼，去取金創藥和熱水。洗淨血污，用烈酒消毒以後，上藥紮布條。

「你不會說嗎?!」慕容燦對他吼。

楚王表情平靜的抬頭看她，「誰聽？」他又低下頭，看著紮得非常整齊的手指，「一直都沒人聽。」

慕容燦沒有說話，楚王心底有些懊悔。或許他非常羨慕、非常羨慕。可他沒有、也不想破壞什麼。

一陣煩躁，他頭回湧起「離開」這樣的念頭。

但他抬頭的時候，慕容燦別開臉，偷偷地抬袖拭淚。

他受到很大的震動。

「你坐在這兒。」慕容燦搬了張凳子過來，「看我怎麼做就好了，我給你講解。」

楚王的眼神失焦了好一會兒，說，「好。」

慕容燦看著邸報發呆。

邸報，其實就是大燕朝的官報，內容似乎很枯燥無味，但在這種令人厭煩的乏味中，還是可以看到許多掩蓋的事實。

大燕朝這任的皇帝是為豐帝，皇后就出自慕容府旁支。論起親戚，慕容燦還得喊她一聲堂姑姑。

這位妖嬈美麗的皇后，現年三十六歲，扶持著體弱多病的豐帝已經垂簾十五載，世稱雙聖。她膝下只有一女，沒有皇子。

而豐帝冊立過三個太子，前兩個都早夭。現任太子剛滿三十，因為母妃的身分原是平民宮人，實在有點低，即使是皇長子，還是夭折了兩個弟弟才輪到他。

看起來很眼熟對嗎？但因為大燕朝無人知道「武則天」……可慕容燦是知道的。即使是不同的時空，卻有相似的軌跡。

豐帝微恙，使慕容后與太子共同監國。

恐怕不是微恙吧……？豐帝病歪歪了一輩子，可一直很勤政。一定是病得非常嚴重。但太子已立，太子監國就可以了，卻讓慕容后共同監國。

再聯想到原掌重兵的楚王「謀反」，而原本屬於楚王的兵馬，都歸到太子手下了。

平淡的幾個字，底下是怎樣的驚濤駭浪。

可不知有唐的楚王，看完邸報，卻淡淡的說，「父皇要不好了。可太子，真的太心急。」他頓了頓，「說起來，那把椅子，還是母后坐得好。死的人會比較少。」

慕容燦安靜了一會兒，「楚公子，你是誰的刀呢？」

楚王揚起眼簾，強烈的逼視了她一會兒，冷漠的說，「誰坐上那把椅子，我就是誰的刀。父皇說過……」他湧起一個冰冷的笑意，「我是，天子之劍。」

「這就是你的生存意義吧。」慕容燦輕嘆。

楚王笑得更深、更冷。卻冷得那麼驕傲、慨然。

「是。」他說，「但太子不需要我這把天子劍，那我也不需要他。」說得這樣狂躁又寒冷。

慕容燦沉默了。

中秋將至，慕容燦和容錚已經在莊子上住了兩個月，再也拖不下去了。但他們還沒開口，楚王已經來跟慕容燦道別了。

她送他到後門門口，一路緘默無語。

「阿錚……是個好人。」楚王的語氣溫和下來，「但他不適合妳。」

楚王氣勢驚人的傲視她，「可我適合。」

慕容燦緩緩的睜大眼睛，微微張著嘴。「我、我以為……」她結結巴巴的說，「我以為……你喜歡的、喜歡的是……阿錚。」

楚王的眼中，湧出罕有的柔情。「他不能為我生兒育女。」

……喂，你這理由太、太實際了吧?!

看著她的驚愕，楚王的眼神更柔和。他想了很久很久，很久很久。世人都以為，他是個狂於戰爭的癡人。可一個癡人，又怎麼平安的生活在宮廷之內？

李容錚很好，有顆非常柔軟的心，活得那樣恣意快樂。但性格太軟弱了，容易漂浮不定。他知道慕容燦要的是什麼……

這個決然果斷的女人，要不就全部，要不就全部不要……他知道。

因為他就是這樣的人。

他明白此去非常危險，但他能撐過去。慕容后懂得欣賞他這把天子劍，從龍之功他絕對是頭一份。

「慕容燦。」他喚著，「我叫慕容擎。父皇期許我……成為大燕朝的擎天之柱。」

慕容燦已經鎮靜下來，「慕容擎，此去願君平安，就不遠送了。」

被拒絕了。他有些驚愕的看著矮他許多的慕容燦。

「我們是好友，一直都會是。」慕容燦斟字酌句的說，「但最適合的人，還需要最適合的時間、最適合的地點。光是人適合，一點用處都沒有。」

「我不懂。」他蕭索的說。

慕容燦深深吸口氣，「我尊重婚姻。這世界上美好的男人、適合我的男人，非常非常多，我不能一個個嫁過去。阿錚可能有很多缺點，但我已經嫁給他，就得負起責任。」

她安靜了一下，「若我是個見異思遷的女人，還是你會欣賞的慕容燦嗎？」

他緩緩的張大眼睛，仔仔細細的看著慕容燦。伸出手，輕輕扶著她的臉，就像想像中那樣溫潤如玉。

很快的，他收回了手。淡淡的冷然和傲意，眼神卻很溫和，冰霜融蝕。「……我是個恩將仇報的男人。妳會瞧不起我嗎？」

「你說阿錚嗎？」慕容燦的臉一垮。想想也是，救人真不是好勾當，差點救了個人，賠了個老婆。她想了一下，「若他像樣點，你大概提也不會提吧？阿擎，我不是需要你拯救於水火之中的弱女子。」

他笑了。

牽馬認蹬，他舉了舉劍，就策馬狂奔而去。

慕容燦頹下肩膀，呼出一口長氣，靠在牆上不動。這比擔上一個早上的水還累……精神上受的刺激太大。

說不定將來會懊悔吧？她想。

但是沒辦法。她有著嚴格的道德底限，無法觸犯。從前世到今生，她一直非常痛恨婚外情。對她來說，婚姻很神聖，非常神聖，神聖到不容侵犯。

她可以接受因為性格不合離婚，只要還沒有孩子。有了孩子，就要優先考慮對孩子的影響，才考慮該不該離婚。

絕對絕對，不是因為愚蠢的愛情，破壞神聖的家庭。譬如她前世那個愚蠢的父親。

她咬牙切齒的握緊拳頭，出神得很厲害。

所以她沒看到隱在樹叢後面發呆的容錚，也不知道他全聽了去。

＊　＊　＊

最近容錚很神經。

回到李家了，但他目不斜視的筆直走入書房，看都沒多看那些鶯鶯燕燕一眼。慕容燦都快被他嚇死了……瞧他那用功勁兒，只差懸梁刺股了。

銀心成了忠心的守衛，來一個趕一個，來兩個趕一雙。可慕容燦可以長驅直入。

這還不是最神經的地方。更神經的是，他夜夜宿在上房……維持著五天到七天左右的「運動週期」，可死也不肯回書房睡。這還不算，常常睡到半夜，慕容燦讓他摸臉摸到醒來。

「你幹什麼?!」慕容燦心情很壞的醒過來，「你要……那個？可不是昨天才那個嗎……？」

「……不是。」他嗚咽著把臉埋在慕容燦的頸窩。

別說他哭，慕容燦更想哭。給不給人活了？覺都沒得睡！

「怎樣啦？」她欲哭無淚，馬馬虎虎的拍了拍容錚的背，「乖，跟姊姊說，為什麼半夜不睡覺？」

「……阿燦，我真的會掙鳳冠霞披給妳……」小白渣受哭著說，「妳別離開我！」

「啊？」慕容燦更哭笑不得，「你做惡夢喔？我還以為離了我這悍妻，應該是美夢才對……」

「不是！」容錚哭著搖了她好幾下，「妳不要走、不要走、不要走……」

這下子，慕容燦徹底清醒了。是我哪兒漏餡了？我預計要開的鋪子還沒開啊？難道她露出絲毫和離的傾向嗎……？

「……不是你的問題，是我。」她嘆氣。和慕容擎說得那麼凜然，可回到李家，看到柳姨娘的大肚子……她發現，真的無法忍受。

原本想撐到明年，等容錚考完秀才。先不影響他的心情的……

為什麼無法忍受，她根本不敢細想。省得思考一次，心底就多個血洞。

「我沒辦法跟人共用男人……」慕容燦很氣餒，「我以為我可以，卻沒想到真的不可以。這是我的錯，並不是你的。大概是我有嚴重的潔癖……」

「我知道的！我懂的！以前我不知道、不曉得，現在我懂了……」容錚哭得更厲害，「楚王碰一碰妳的臉我都快發瘋了……就算是他我也不讓！妳愛我對不對？所以妳才會生氣，對不對!?我不敢了，妳不要走……王冠沒什麼好的，我掙鳳冠霞披給妳……封侯拜相，好不好……好不好？」

然後，哭得太厲害的容錚開始打嗝了。

慕容燦無言的拍他的背，不知道該感動還是鄙夷。除了劉備，她還沒聽過哪個封侯拜相的是個愛哭的小白渣受。

「……你不給我休書，我也走不掉。」慕容燦無奈了。

容錚憋足了勁搖頭。在他心目中，七少奶奶是個神奇的存在，就沒她辦不到的事情。以前覺得很安心，畢竟他們成親了嘛。

可楚王那樣冷的人，都試圖拐走他的阿燦！

可憐的小白渣受，頭回湧起這樣強烈的危機感。

「我再試試看好了。」磨到最後，慕容燦給了個不怎麼肯定的承諾。「如果有鳳冠霞披，說不定還值得我忍下去。」

這個答案，卻讓容錚湧起更強烈的危機感。自家事自家知，他跟楚王差的不是一點兩點，說是雲泥之別也不為過。

那年入冬以後，慕容燦開始困倦發懶，管理三房院子越來越力不從心。努力攻讀的容錚很快就發現了，順手就接過來，讓幾個姨娘都很錯愕。

還沒聽過誰家老爺管後宅的。但也不能說不要不是？只是三個對掐得很歡，想藉機奪權的姨娘有些失望。

但更錯愕的事情還在後頭。

接手後宅的七公子，將十二個通房和隨侍的丫頭，或配或賣，都打發了。原本擁擠的袖風軒，突然變得空空蕩蕩。

整天困倦思睡的慕容燦，驚訝極了，「……為什麼啊？」

「當家才知柴米貴嘛。」容錚很認真的敷衍她，「阿燦，妳整天睡也不是辦法……還是找個大夫看看吧？」

「又沒哪兒不舒服……大概是天太冷，人懶。」她精神不濟的笑了笑，「都打發了，人手夠不夠？」

「另買就是了……」他握著慕容燦的手，「阿燦……妳兩個陪嫁丫頭年紀也大了，還是嫁出去吧……我再挑人給妳。」

這兩個也爬過你的床欸……雖然連通房的名分都沒有。慕容燦古怪的睇了他一眼。

但她精神著實不成，半闔著眼睛說，「你看著辦吧……不然問問大嫂……」話還沒說完，就睡著了。

最後她是被激動的容錚搖醒的。她茫然的睜開眼睛，望著跳上跳下的小白渣受，「什麼？」

「阿燦！娘子！心尖兒！」他囉唆了一大堆怪模怪樣的名字，興奮得有些語無倫次，「妳、妳有了……」

「有什麼？」她其實還沒全醒。

「有喜了！」容錚大哭著撲進她懷裡，「有孩子了！我們的孩子！」

呃……這算好消息嗎？

萬一男孩子像小白渣受，女孩子像霸王玫瑰……怎麼辦？

遺傳是那樣不可抗力的大問題。後天的教育能不能徹底扭轉呢……？她看著自己的老公兼學生，突然覺得把握真的……

不太大。

最少這個愛哭的問題，就很難解決。

＊　　＊　　＊

容錚去參加鄉試時，正好是春天，虛歲十八了。

他入闈時，長子剛好出生了。母憑子貴，柳姨娘氣燄高漲，坐月子坐得非常熱鬧，她的丫頭天天捧著臉哭，被打得很慘。

至於慕容燦，雖然沒受到孕吐的折磨，卻天天思睏，抱著有些顯懷的肚子臥床高睡，外面撵雞打狗吵得再厲害，也沒妨礙到她的睡眠。

現在院子的人口可少了，任她們折騰去。有權沒錢，還怕她們翻天？

夢鄉路穩宜長至，他處不堪行。

考中秀才的容錚回來時，慕容燦一臉嬌睏的從被窩裡抬起臉來，對他傻呼呼的一笑。

他這才覺得，自己真的回到家了。等慕容燦生下了個男孩子，他才覺得，真的把她留住了。

但容錚不知道的是，慕容燦暗暗出了道考題，決定她未來的人生。

容錚為她打發掉通房，也只得了三十分。在她生完小孩，將兩個無出的姨娘送人，也只積分到五十九分而已。

不及格。

她知道，很知道容錚已經做到這個時代的男人最好的極限。他沒再上過柳姨娘的床，頂多去她那兒看小孩而已。她也知道，小孩子是無辜的，甚至柳姨娘都算是無辜的……

這個時代就是這樣子。容錚已經竭盡所能。

但她看到幽怨的柳姨娘和那個對她明顯有敵意的孩子，她就覺得……還是不及格。

她想，等孩子長大了，不用忍了，或許她會跟她的婆婆一樣，避居佛堂。或者乾脆一點，直接離開。

她這麼厲害的女人，走到哪都能打出一片天的。

容錚考上秀才時，大燕朝同時也翻天覆地。

豐帝駕崩，太子傷心過度「病逝」。東宮傳出「不祥」的傳言。慕容后所出的長公主慕容雁，暫代東宮，立為皇太女。

慕容后被擁上帝位，史稱鳳帝。

鳳帝即位，查清楚王謀反乃是誣告，重新倚重，聖口親言為「天子之劍」。

在孩兒周歲時，楚王親臨道賀，李家上下才知道容錚幹了些什麼事情，他們的腦袋在他腰帶上晃了多久。

「他待妳好不？」楚王還是話很少。

「還行。」慕容燦淡淡的。

但沒讓他們多說話，容錚火速請走楚王，緊張得要命。

慕容燦的感覺很複雜。每次她想要清醒點，就會讓小白渣受拖進泥淖。

愛又不敢愛，走又走不開。

本來慕容燦以為，她會處於這樣的矛盾中，盡力拉開距離的過了一生……誰知道命運總是充滿驚奇（或驚嚇）。

容錚一路高唱凱歌，非常順利的考過舉人和進士，圓滿了他父親的功名夢。慕容燦深深懷疑，當中應該有楚王幫著作弊的緣故。

等到這個新科進士被分發到江南當個富縣的縣令，她就更肯定了。科考制度真的有大問題啊大問題……連小白渣受都能當父母官。國之將亡，必有妖孽……搞不好小白渣受就是來實現這句話的。

容錚帶了她和孩子一起上路。

他說，「也讓妳清心幾年。省得天天不開心……」他那張依舊妖孽的臉孔，充滿了心疼和無奈。

可惡的人。為什麼不更小白更渣受一點，這樣起碼我能築起長城。

大燕朝某些地方的治安不太好，連官府都敢打劫。

當然他們帶了不少人，但總有疏忽的地方。

混戰中，她和寶寶坐在馬車裡，手底緊緊攢著劍。她那學劍了幾年，卻依舊三腳貓的夫君兼學生，就靠三腳貓的劍術，跟其他侍衛共同頑抗。

當匪徒衝進馬車時，她揮劍出手，雖然傷了幾個，為了保護驚嚇哭號的寶寶，她只能用身體挨受那一刀。

這時候，她很荒謬的微笑，頗有喜感的自嘲。啊，真的蓋棺論定了。到此時，她確定小白渣受還愛著她，她的一生雖然有點坎坷，但還滿幸福的。

可那一刀一直沒砍中她。

容錚撲了過來，那刀砍中了他的側臉，被侍衛撞得一偏，才沒真的挖出他的眼睛。

「阿燦，阿燦！」半張臉都是血的容錚尖叫著搖她，「妳傷到哪了？傷到哪？啊？回答我啊！」

愣愣的慕容燦說，「……賣了。」

「什麼？」容錚更害怕，眼淚不斷落下來，混著血。「阿燦！妳魔怔了？不要嚇我……」

將我大好頭顱，未來的餘生，都賣給你了！

「我愛你。」慕容燦正色說，把寶寶塞在他懷裡，跳下車。

一整個見神殺神，見佛弒佛。殺得匪徒喪膽，大敗而逃。這個殺氣沖天，宛如鬼神的官家夫人，讓這路的盜匪膽寒很多年。遠遠的看到馬車裡有女眷，都不敢窺視。

容錚一路哼哼的趴在慕容燦的懷裡，理直氣壯的和他的兒子搶位置。他那已經有妖孽雛形的兒子嘴巴一扁，只好去找奶娘安慰他受創的心靈。

幸好不像他老爸那麼愛哭。慕容燦默默的想。

「阿燦，好痛喔……」他朝慕容燦的懷裡拱了幾下，「再說一次嘛……說了好像就不那麼痛……」

「……我已經說了兩百次有吧？」慕容燦開始懊悔這槌子買賣了。

「說嘛說嘛說嘛……」容錚開始哼哼的打滾。

木著臉，慕容燦聲音很乾的說，「……我愛你。」

臉上還裹著布的容錚喜得不知道怎麼辦，攻守互換的將慕容燦抱在膝上。「阿燦，咱們這姿勢……就是『觀音坐蓮』欸……」

一個人的忍耐力，是有極限的。

「住口！渣受！」

（馴夫記完）

# 作者的話

終於寫完了。（死眼）

從九月初到現在，我交出了四個故事。風格和類別各有不同，我已經覺得自己是神……經病。《倦尋芳》和《馴夫記》還算有點關係……可這四部都是同樣的架空歷史——大燕朝。

所以我要鄭重說明，關於歷史地理上絕對是錯誤很多的……畢竟是架空。所以這個時序相當於西元六百多年的大燕朝並不能跑去考據同時期的大唐……最重要的是，這不是我的強項。

所以我只能直接而粗魯的斬斷讀者找碴的興致……咱就是寫架空啦，有錯都不認的。

本來寫到大戰的部分我就開始遲疑，因為這段完全是借鏡靖康之亂，而且還是因為一部起點小說《宋行》的開頭。

http://big5.qidian.com/Book/1239264.aspx

想了很久，該不該寫……後來覺得，算了，就寫吧。但我的確不擅長戰爭描繪，就算有所借鏡，還是多寫意而無工筆。

寫戰爭真的是我的弱項啊……但為了許多安排和對話，又不得不寫。

我個人認為，《宋行》的戰爭寫得比我好多了，只是我不喜歡他的男主角個性，才不得不棄文的。我建議各位對這場戰役有興趣的人，不妨看看《宋行》。

用了別人的創意我就會承認，不會當作沒這回事兒。謹此說明。

其實寫慕容馥是個愉快的經驗，我覺得真的當個男人是件幸福的事情。類似男性的慕容馥讓我覺得寫來痛快。

當男人的幸福點，就是主權掌控在自己手裡。

畢竟普世認為男人就是有獸性，好後宮種馬的概念中，只要選擇潔身自愛，就可以輕易的當個好男人。

女人還得求神拜佛衷心祈禱自己男人不要出軌，男人這方面的疑慮可以說很少。

想當個好女人，要出盡十八般武藝，男人只需要專情，就達到六十分高標了。

相信我，大部分還是不及格的。

男人可以主動追求女人，女人主動追求男人……除非容顏上有優勢，不然被羞辱的可能性比較大。

所以一個性格這樣溫柔霸王的慕容馥，讓我過足了一個強勢者的癮。性別強勢果然好。只是我若是強勢性別（比方是男人），大概也會過得狷介無比，充滿精神上潔癖吧？

所以到底是性格決定命運啊。

再來就是美受王大人繁。

真是惹人憐愛的美人兒，充滿了偽娘氣息，又矛盾的希望保持男兒身。原本是想圓滿他的人生，結果還是讓他迷戀女王受慕容馥迷戀得要命，成為一個偽娘軍師啊。

本來還在想這樣性格是不是需要多加商榷，想想許多軍師、輔佐，迷戀他們家主公都願意死給他了，基本上比一見鍾情還詭異。

王繁大人最少是讓慕容馥撫慰過（非常徹底），而且還可以迷戀主公到床上去滾床單了，無比深入……

也就覺得不太奇怪了。

我也不知道這算不算女尊文，但寫起來愉快。

除了被催吐得拚稿很不愉快以外。
但為什麼寫個女尊文，我還得找那麼多合理性呢？我真不懂自己啊……

國家圖書館出版品預行編目資料

倦尋芳 / 蝴蝶 著. -- 初版.
-- 新北市板橋區 : 雅書堂文化, 2011.02
面； 公分. -- (蝴蝶館 ; 47)
ISBN 978-986-6277-65-8(平裝)

857.7 100001049

蝴蝶館 47

倦尋芳

作　　者／蝴　蝶
發 行 人／詹慶和
總 編 輯／蔡麗玲
執行編輯／蔡毓玲
編　　輯／林昱彤・黃薇之・劉蕙寧・詹凱雲
執行美編／陳麗娜
美術編輯／王婷婷
封面設計／斐類設計

出版者／雅書堂文化事業有限公司
郵政劃撥帳號／18225950
戶名／雅書堂文化事業有限公司
地址／新北市板橋區板新路206號3樓
電子信箱／elegant.books@msa.hinet.net
電話／（02）8952-4078
傳真／（02）8952-4084

2011年2月初版一刷　2012年3月二版一刷　定價240元

總經銷／朝日文化事業有限公司
進退貨地址／新北市中和區橋安街15巷1號7樓
電話／（02）2249-7714　傳真／（02）2249-8715
星馬地區總代理：諾文文化事業私人有限公司
新加坡／Novum Organum Publishing House (Pte) Ltd.
20 Old Toh Tuck Road, Singapore 597655.
TEL： 65-6462-6141　FAX：65-6469-4043
馬來西亞／Novum Organum Publishing House (M) Sdn. Bhd.
No. 8, Jalan 7/118B, Desa Tun Razak, 56000 Kuala Lumpur, Malaysia
TEL：603-9179-6333　FAX：603-9179-6060

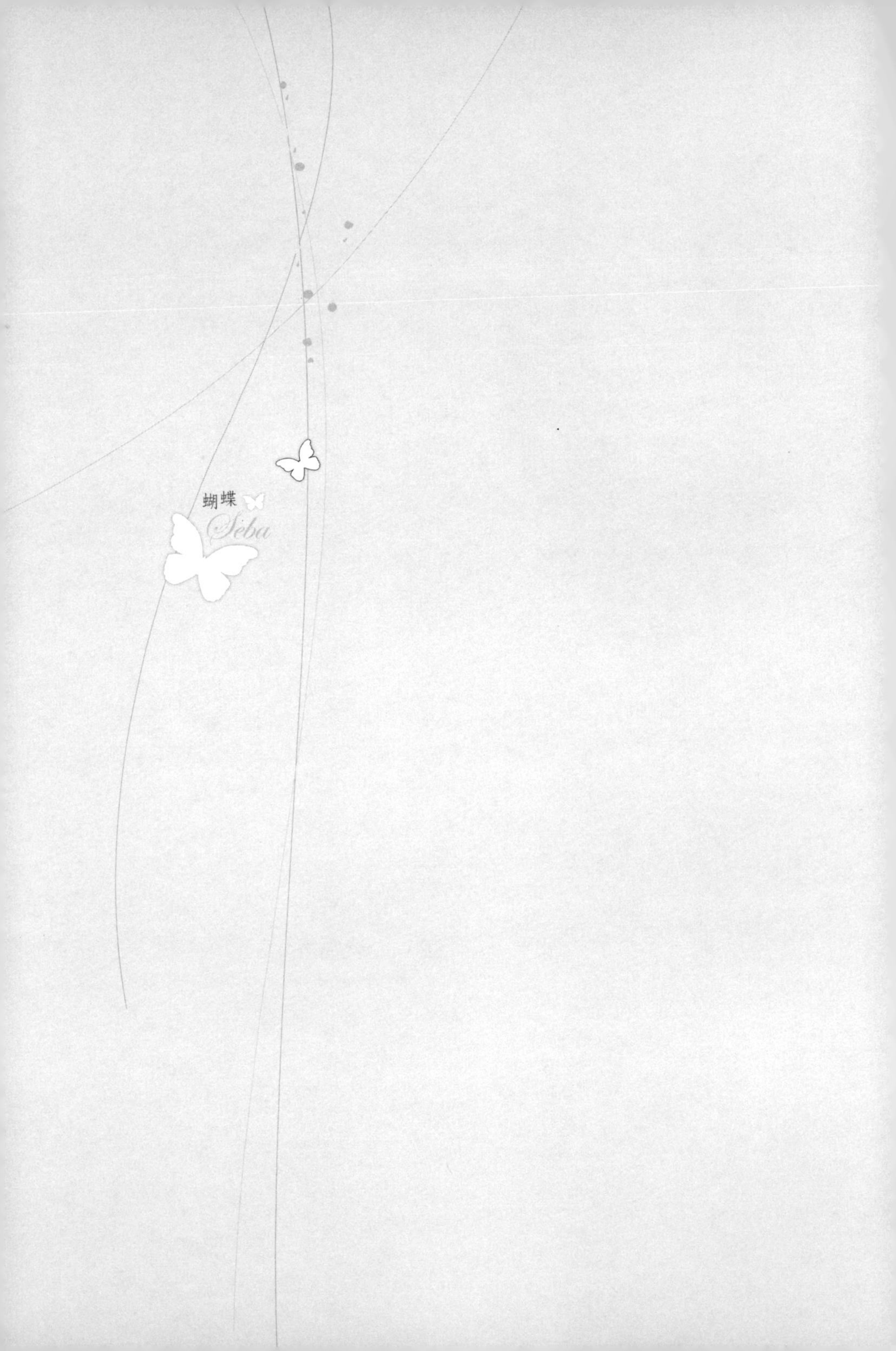
蝴蝶
Seba

蝴蝶
Seba

蝴蝶
Seba

蝴蝶
Seba